Manuel Giménez

Los irreality shows

Historias tan disparatadas como la vida misma

Colección

EL PAPAGAYO

— 101 —

MANUEL GIMENEZ

LOS IRREALITY SHOWS

Historias tan disparatadas como la vida misma

EL PAPAGAYO
temas'de hoy.

Para la impresión de este libro se ha utilizado papel ecológico sin cloro.

Colección EL PAPAGAYO

Paseo de la Castellana, 93. 28046 Madrid
Diseño de colección: Wunderman
Diseño de cubierta: Rudesindo de la Fuente
Ilustraciones de cubierta e interior: Toño Benavides
Primera edición: mayo de 1995
ISBN: 84-7880-536-2
Depósito legal: M. 15.231-1995
Compuesto en Puntographic, S. L.
Impreso en Grefol, S. A.
Printed in Spain - Impreso en España

INDICE

PROLOGO

Si alguien me preguntara el porqué de un libro como éste, me sería difícil darle una respuesta concreta; tal vez me puse a escribir como consecuencia de un suceso que me sorprendió —cosa bastante difícil, por cierto— cuando estaba recopilando información para la realización de guiones del programa de TVE *Código uno;* desde luego debió de ser algo realmente increíble, como que una persona muera por un hecho tan tonto como golpear con la mano el capot del coche que ha estado a punto de atropellarla... No sé, quizá fuera ese asunto el que me impresionó.

La verdad es que a partir de entonces me entregué con interés a la tarea de recopilar historias «inauditas», de consecuencias dramáticas unas veces y otras no tanto; en cualquier caso, historias de esas que uno dice cuando se las cuentan: ¿De verdad?... ¡No puede ser!... Y luego resulta que sí, que puede ser, no faltaría más.

Como es lógico, tenía que buscar un nombre para la recopilación, y como la inspiración me vino en el momento en que estaba colaborando en un mal llamado *reality show*, decidí que si algún día veía la luz el catálogo de despropósitos que estaba reuniendo, éste se llamaría *Los irreality shows*. Sé que el nombrecito se las trae, y no quisiera yo que sirviera para espantar a nadie ni para que crítico alguno, de esos que todo lo saben y a todos encasillan, me pusiera como hoja de perejil.

Empecé con ese crimen imbécil que demuestra que, a veces, los coches matan hasta cuando ya se han detenido, pero verán que en esta obra hay de todo, desde el caso del taxista violado a las bravas por una pasajera al del ladrón que se dejó como muestra del atraco un dedo, pasando por el episodio de los «huevos a la cera» (uff... ¡qué daño!) o el del «detenido por feo».

Como todos los *irreality* contenidos en este libro tienen un sujeto —activo o pasivo— con nombre y apellidos, he tomado la determinación de no poner ni el uno ni los otros, para que luego no se diga y, sobre todo, para evitarles a mis editores molestias innecesarias y largas charlas con abogados. Y además, porque no me da la gana poner los nombres, ¡qué demonios!

Pero una cosa sí les puedo garantizar: no se trata de un libro de casos más o menos curiosos ni de historietas cómicas ni nada por el estilo. Se trata de hechos reales como la vida misma. Algunos tienen más gracia, como el de aquel «topero» poco profesional que se quedó dormido en el lugar en que había entrado a robar, y lo detuvieron, ¡claro!; otros son más tristes, como el de aquellos «bestichorizos» que arrojaron por la ventana de un tercer piso a la dueña del inmueble que habían comenzado a expoliar. Como verán, dos evidentes muestras de «poca profesionalidad».

Este libro no contiene el relato de ningún timo porque entiendo que ese «registro» delictivo debe ser tratado de forma específica, y a mi *Antología del timo*, publicada en esta misma colección, me remito.

Algunas de las historietas reales como la vida misma que podrán encontrar en las páginas de este libro las he narrado en el espacio «Truhanes, pícaros y bribones», que se emite en Radio Nacional de España dentro de *Las mañanas de Radio Uno*, en el que hay un tiempo dedicado al *irreality* de la semana.

Bueno, pues nada más... ¡Perdón! ¿Me permiten una dedicatoria con mucho cariño?... ¿Síííí?... ¡Pues ahí va!

Quiero dedicar el libro a todos los SORIANOS. Sí, a mis paisanos los de Soria, que no son muchos, pero son tela marinera. Y en especial a la gente de la Casa de Soria en Madrid. ¡Hala!

Historias chapuceras de «cacos» y «cacas»

DESDE SANTURCE A BILBAO

Ese fue exactamente el trayecto que tuvo que hacer el protagonista de esta historia tras haber sufrido lesiones en el transcurso de una curiosa pelea por lo que se llama «amoris causa».

El joven paseaba por una calle de su pueblo y de repente vio a su «ex», acompañada por otro hombre. Decidido, se acercó a la pareja y trató de entablar conversación con la joven. Se puso, digamos, bastante pesado y caminó junto a ellos unos centenares de metros.

Cuando el acompañante de la mujer decidió que estaba harto de aquel plasta que les estaba amargando el paseo, se encaró con él y se enzarzaron en una violenta discusión, que finalizó con un mordisco en plena nariz del pesado, quedando el apéndice nasal bastante menguado. El mordedor escupió el trozo y se marchó del lugar, aunque fue detenido posteriormente. El herido tuvo que ser sometido a una operación de estética.

Aquí sí que se puede decir eso de «le pasó por meter la nariz donde nadie le llamaba». Bueno, su corazón, sí.

EL CASO DEL ESCONDRIJO INSOLITO

A este caco no hace falta que nadie le diga aquello de «te vas a meter el dinero donde te quepa». Ya lo hace él sin necesidad de que nadie le instruya al respecto. Y si no, lean.

Los hechos sucedieron en una bonita ciudad del norte de España. Un individuo armado con una pistola había atracado una entidad bancaria apoderándose de algo más de cien mil pesetas.

Unos testigos alertaron a la policía y le indicaron que un joven que había salido corriendo del banco se había introducido en un portal. Los agentes registraron el inmueble y hallaron al presunto agazapado en una buhardilla. En un primer registro le intervinieron, además de un revólver de fogueo, una bufanda, un mono (de los de trabajo, que conste) y nueve mil pesetas.

Una vez en comisaría, el detenido expulsó de forma natural (o sea, haciendo fuerza) las cien mil pesetas, que se había introducido en el recto por el lugar que ustedes suponen. El atracador había cometido antes otros hechos delictivos, en uno de los cuales se llevó más de un millón, en parte en moneda fraccionaria.

¿Se guardaría en el mismo sitio el dinero en aquella ocasión? ¡Pues vaya usted a saber!

UN ATRACO DE «POCA MONTA»

De auténtica y genuina chapuza podría calificarse el atraco cometido, en una caja de ahorros leridana,

T.B

por un individuo que penetró en el establecimiento bancario pasadas las dos y cuarto de la tarde.

El nada «presunto», esgrimiendo una pistola de grandes dimensiones, amenazó a una clienta a la vez que se colocaba un negro y tupido pasamontañas. A continuación, y siempre escudándose en la clienta, se acercó a la caja y exigió al empleado la entrega del dinero. Este, al darse cuenta de que la pistola era de plástico, comenzó a dar al atracador billetes de mil pesetas, pero de uno en uno.

Cuando había depositado en la bandeja cinco mil pesetas, el atracador, visiblemente nervioso, cogió los mil duretes y salió corriendo como alma que lleva el diablo.

Es cierto que existen atracos frustrados en entidades bancarias todos los días, pero como en este caso se ha consumado el robo, los empleados del banco creo que piensan inscribirlo en el libro de los récords como el atraco más pequeño de la historia.

LE COSTO UN OJO Y ALGO MAS

Pocas veces puede hacerse uso de esta expresión con más fundamento que en la presente ocasión. Si lo dudan... lean, lean.

Un atracador que pretendía robar en un bar de Vigo, en la madrugada, resultó herido de carácter grave al forcejear con el propietario del establecimiento y unos clientes.

Momentos antes había entrado en el local acompañado de otros tres individuos, todos ellos encapuchados, y esgrimiendo dos pistolas. Durante el forcejeo una o las dos pistolas debieron dispararse y causaron al desdichado atracador lesiones de gravedad de las que tuvo que ser asistido, en principio por sus víctimas y luego en el hospital.

Los facultativos apreciaron al herido un balazo en un ojo y otro en un testículo. O sea, que en este caso, la aventura además de costarle un «ojo de la cara» le ha costado también «un güevo».

Mientras se recupera de las lesiones, supongo que recapacitará sobre los inconvenientes de ir por ahí con armas. Y es que, como dicen los expertos, «las armas las carga el diablo». Y luego, pasa lo que pasa, «desgüevao».

UN SUEÑECITO...

El propietario de una vivienda de Alicante se sorprendió al regresar a su casa y encontrar a un individuo cómodamente instalado en un sofá y roncando feliz ante el televisor. El dueño de la casa, en principio, pensó que era uno de sus hijos e incluso le iba a tapar con una manta, momento en el que se dio cuenta de la personalidad del durmiente.

Detenido por la policía, el ladronzuelo manifestó que había entrado a robar y que tras comer unas cosillas había decidido echar un sueñecito. ¡Vaya profesional!

UN TRABAJO EXTENUANTE

Al propietario de una peluquería se le pusieron los pelos de punta cuando al entrar en el establecimiento por la mañana se dio cuenta de que en uno de los sillones dormía plácidamente un individuo joven que había entrado por la noche, y no precisamente para pedir la vez.

Sin armar mucho escándalo, el peluquero llamó a la policía, que detuvo al intruso haciéndole pasar del sueño reparador a la fría mazmorra en un pis pas.

El joven durmiente había entrado en el local por el nada fino procedimiento del butrón, desde una obra colindante. Después trató de abrir una caja fuerte, en cuyo intento destrozó cinco pares de tijeras, sin conseguirlo. Por medio de pinzas, rizadores y otros objetos más o menos contundentes, trató de abrir la caja de monedas del teléfono público, fracasando también. El frustrado ladrón se recostó en un sillón pensando, tal vez, que necesitaba como el agua un cursillo de «chorizo por correspondencia» o un manual de «hágase ladrón en diez lecciones» y se quedó profundamente dormido, extenuado como estaba a causa del intenso trabajo desarrollado y que tan pocos beneficios le había reportado.

UNA MALA FAENA

Dos individuos, uno de ellos armado, pásmense, con ¡un estoque de torero!, intentaron atracar una pastelería en Valencia. La «faena» les salió de pena debido a la bravura de la empleada, que se negó a entregarles la caja y comenzó a dar los consabidos gritos que ponen nervioso a cualquiera, y más si el cualquiera es un atracador.

Atemorizados, los cacos se dieron a la fuga. La

policía trató de localizarlos inmediatamente —ignoro el resultado—, ya que llevaban indumentaria poco común: chaquetas de plástico y pantalones de raso... ¡Dos artistas, vamos!

Claro que artistas hay en todos los sitios. En Móstoles fue detenido por la policía un individuo que se paseaba por la calle con una silla plegable tapándole la cabeza, tal vez para no llamar la atención, ¿no creen?

Cuando fue identificado resultó ser un conocido delincuente con trece arrestos a sus espaldas y al que la policía estaba buscando por ser el presunto autor de varias «sirlas» en comercios de la localidad.

¡Bravo, chaval! ¡Lo tuyo es el camuflaje!

LADRONES POCO DISCRETOS

Sin duda, la discreción y el sigilo no eran virtudes que adornaran a la banda de motorizados «chorizos» que pretendieron llevarse por las bravas el dinero de un banco situado en una pedanía murciana.

Los ladrones, llegados al pueblo en un camión previamente robado, sustrajeron una pala excavadora con la que se emplearon a fondo con la pared del local bancario, abriendo un boquete de más de seis metros cuadrados; después engancharon unos cables a la caja fuerte con la intención de arrancarla de su emplazamiento tirando de ella con el camión, pero, como no podía ser menos, en el mismo momento comenzó a sonar la alarma del banco. Los «finos» delincuentes se liaron entonces a tiros con la inocente sirena hasta dejarla para el arrastre, momento en el cual, alarmado, medio pueblo se echó a la calle a ver lo que sucedía. Los ladrones entonces decidieron que lo mejor era poner tierra por medio y se subieron en el camión dándose a la fuga. Como verán, un trabajo fino y delicado. Lo que podríamos llamar un «Rififí a la española».

ATRACADOR CON ALEVOSIA Y RECOCHINEO

Un atracador que mantenía un curioso «abono» con un videoclub de Madrid ha sido detenido finalmente por la policía tras la comisión de su séptimo atraco en el establecimiento.

El atracador en cuestión comenzó a «visitar» el local en la primavera de 1993 y en pocos meses había cometido siete asaltos. Los propietarios del videoclub ya estaban acostumbrados a recibir aquella desagradable visita «cada mes o mes y medio», tras la que se quedaban con treinta o cuarenta mil pesetas menos, exactamente las que pasaban a manos del desconocido, que apoyaba su «petición» con una negra pistola.

El individuo tenía incluso su estudio de mercado hecho. Comenzó a ir a mediodía, pero después varió el horario para acercarse por la tarde, cuando pensaba que habría más dinero. Siempre entraba con la cara oculta tras unas gafas negras, el cuello del abrigo subido y un gorro, pero para Navidades tuvo un detalle: en lugar de las tétricas gafas, se presentó en el videoclub con una careta de Papá Noel. ¡Un detalle, sí señor! A causa de su contumacia, el ladrón fue detenido cuando iba a dar otro «palo», esta vez para subir la cuesta de enero... Año nuevo..., al «talego».

¡CARAMBA, QUE PRISA!

No lo duden ustedes. Los hay que es que no tienen paciencia y, si no, juzguen ustedes mismos.

¿Se imaginan lo que es estar en la cárcel esperando una salida de permiso? Ilusión, esperanza, deseos de ver a los seres queridos... y eso es muy fuerte. Por lo visto, al recluso XXX le pareció que no podía esperar más y se fugó de la prisión de Figueras justo dos horas antes del momento en que le correspondía salir de permiso.

Ahora, por no aguantar esas dos fatídicas horas, será castigado por el quebrantamiento de condena y, además, perderá seguramente por una temporada los beneficios que le permitían salir en libertad por unos días. ¡Los hay que no saben esperar!

LE PILLARON POR UN DEDO

Poco se podía imaginar un «chapuzas» que se puso a atracar con unos colegas una tienda que la pérdida de un dedo, como consecuencia de un disparo que efectuó uno de sus compañeros para tratar de frenar la resistencia de los atracados y que le dio a él en la mano, sería lo que ayudaría a detenerlo. Efectivamente, la policía que compareció en el lugar tras el frustrado atraco efectuó una inspección en la que se encontró, ¡oh, sorpresa!, con un dedo ensangrentado bajo unas estanterías. A partir del hallazgo, y analizando la huella dactilar, se identificó al ex poseedor, que fue detenido posteriormente. En este caso, creo que el «chorizo» lo va a tener complicado para decir que no estaba allí y que todo es un montaje de la policía, como suelen afirmar.

¿VICTIMA DE LA CRISIS O «CHORIZO» SIN MAS?

Sabido es que hay una crisis económica grave; también, que los impuestos y los intereses de los créditos aprietan. Sin embargo hay que buscar soluciones y no emprender acciones drásticas como las de un industrial zapatero del Levante español, que decidió emular a los atracadores de bancos de las «pelis» para resolver sus problemas.

Provisto de un revólver de «jujana» y haciendo gala de un morrazo de impresión, se presentaba en las oficinas bancarias, perfectamente vestido. Tras solicitar hablar con el director de las entidades, les hacía entrega de una carta mecanografiada en la que exigía la entrega del dinero a la vez que alargaba una bolsa para que la llenaran. Con elegancia, desabrochaba su chaqueta dejando ver la culata de un revólver que llevaba al cinto. Una vez obtenido el dinero, se marchaba por donde había venido. Con tan peculiar «modus operandi» consiguió casi un millón de pesetas, casi nada para lo que se le viene encima, ya que fue detenido tras consumar el segundo de los atracos. Resulta que a nuestro intrépido «chori-empresario» se le pasó el detalle de que había cometido los atracos empleando para la huida una furgoneta ¡que era de su propiedad!

Blanco y en botella... al calabozo.

OTRO CASO DE «CHORIZADA»

En este caso los presuntos no están detenidos y supongo que seguirán dando gato por liebre a los no-

vatos que bajan «al moro» para hacerse con «costo» a buen precio.

La policía de Algeciras detuvo a tres «guiris» teutones que iban con sendas pesadas bolsas por la calle. Al registrarlos comprobaron que en el interior de las bolsas había nueve grandes bolas, como de un kilo y medio de peso cada una, envueltas cuidadosamente en papel de plata. Todos a la comisaría y ahí saltó la sorpresa. Resulta que las bolas en cuestión eran pura y simplemente tierra del desierto prensada. Los «chorimoros» habían recubierto el terruño con un poco de hachís para que diera el cante al olfato y sacaron a los teutones algo más de un millón por todo el alijo... y por todo el morro.

Los policías, una vez repuestos del ataque de risa, elaboraron las diligencias correspondientes y pusieron a los alemanes a disposición del juez de guardia, tal vez con la sana intención de que su señoría pudiera divertirse un rato —soto toga, eso sí— con la simpática historia.

Los timados, por su parte, se negaron a manifestar otra cosa que no fuera su cabreo por haber sido engañados de forma tan sutil. ¡Primos!

LA LETRA POR LA BOCA ENTRA

Un hombre de cuarenta y seis años de edad, vecino de Manacor, casado y, al parecer, aficionado a los periódicos, fue detenido por la policía en el momento en que trataba de asesinar a su «santa».

Hasta aquí la noticia sería una más de las que aparecen frecuentemente en los papeles. Lo que no es tan normal es el procedimiento empleado por el «presunto».

Con la correspondiente nocturnidad y sigilo entró en el dormitorio de su esposa, que dormía plácidamente, y, tras encaramarse sobre ella, comenzó a llenarle la boca con papeles de periódico. La mujer reaccionó como procede y, ante la algarabía que se formó, los vecinos avisaron a la policía, que sorprendió a la pareja aún forcejeando.

El «presunto» asesino no podrá desde luego patentar el método de acabar con la prójima, ya que ella «no tragaba», a pesar de que, en un rasgo de generosidad y delicadeza, introdujo entre las hojas de periódico algunas hojas de árbol, sin duda para hacer más digerible la pelota.

Según dijeron los vecinos, la pareja llevaba algún tiempo distanciada y mantenía frecuentes discusiones. ¡Ah!: los periódicos ni tan siquiera eran del día.

DETENIDO POR FEO

Ya es que ni para ser «chorizo» se va a poder ser feo. Y si no que se lo pregunten a un famoso delincuente de Getafe que siempre es identificado por las víctimas debido a su horrible careto.

«El ladrón tiene un ojo aquí y otro en Alcalá, y además es terriblemente feo y con mala pinta», decían sus víctimas. Con esos datos los policías le detienen inmediatamente. Una de dos, chico: o te haces la estética o déjalo, hombre.

Historias de «guiris»

LOS YANQUIS (COMO NO) INVENTAN EL «CONTROLAPRESOS»

Ya no saben lo que inventar. Resulta que el alcalde de Nueva York tenía un problema de difícil solución: controlar a los más de sesenta mil ciudadanos en arresto domiciliario o libertad vigilada. Como es natural, precisaba tener un ingente número de funcionarios para poder «echar un vistazo» a los controlables, lo cual elevaba de forma importante los gastos municipales. Así que decidió aplicar un curioso sistema de control consistente en una máquina electrónica situada en determinadas calles, a la cual debe acudir el controlable en los días y horas prefijados. Se somete allí a una prueba de identificación de voz y a un visionado televisivo en el que deberá contestar a algunas preguntas que se le formulen. Luego... ¡hasta el próximo día!

LA CRISIS LLEGA A LA CORTE

Acuciada por la galopante crisis económica, la reina de Inglaterra, considerada como la mujer más rica del mundo —varias veces más rica que las famosas Koplowich—, ha decidido hacer economías.

Y como dicen que la casa hay que comenzar a sanearla desde dentro, la soberana ha decidido que a partir de ahora se acabó la tradicional costumbre de dotar a sus sirvientes de jabón gratis, por lo que cada uno deberá traerse de su casa la pastilla o dosificador. Al parecer, sí que se mantiene el suministro de papel higiénico ante el temor de que los criados se declararan en «huelga de palominos» con el consiguiente peligro para la pituitaria de los visitantes de la augusta dama.

De paso, la jefa de Buckingham Palace ha decidido que se deje de proporcionar a los sirvientes las dos botellas de licor que recibían en las fiestas respondiendo a la vieja tradición iniciada por uno de sus predecesores, que decidió dar a los criados el licor para evitar que éstos se bebieran el de sus señores a sus espaldas. Las medidas de austeridad han causado un profundo malestar a los cuatrocientos criados, algunos de los cuales criticaron el hecho de que los recortes no hubieran empezado por el sombrerero real.

SINCERIDAD POLITICA

En tiempos preelectorales, los aspirantes a políticos de las diferentes opciones lanzan a los posibles electores promesas que implican beneficios sociales, tal vez

por aquello de que lo del bolsillo y la protección paternalista del Estado lo entiende todo el mundo.

Sin embargo, hay algunos que se pasan a la hora de ofrecer, y por hablar, hablar, prometen cosas que luego deben ser difíciles de cumplir. Y si no, juzguen ustedes mismos.

En cierto país del norte de Africa, un avispado político pensó que lo mejor que podía hacer para captar sufragios para su causa era ofrecer un cordero a todos los que le votaran. El problema surgió cuando se descubrió que únicamente había comprado cien corderos para regalar, siendo, por supuesto, muy superior el número de votantes. Los defraudados montaron en cólera y el político tuvo que ser rescatado de las garras de sus electores por los antidisturbios.

En España y en el transcurso de la última campaña electoral, un candidato ha ofrecido vacaciones gratis a todas las amas de casa en caso de triunfo de su candidatura. ¡Ya verán la que se va a liar!

EL CASO DEL SUSTO DE MUERTE

Un rumano aficionado a gastar bromas de grueso calibre decidió un buen día rizar el rizo y dar a su esposa un buen susto. Para ello dispuso una cuerda alrededor de la lámpara del comedor para fingir su ahorcamiento, a la vez que dejaba sobre la mesa una nota cariñosa y un puñado de dinero para la «viuda».

Estaba ultimando los detalles cuando escuchó pasos en el porche, así que se puso la cuerda alrededor del cuello y se hizo el colgado. Sin embargo, la que entró en la casa a través de la puerta entreabierta no fue su esposa, sino una vecina.

Al ver al «presunto colgado», la mujer decidió apoderarse del dinero, que pasó en un pis pas de la mesa a su bolsillo. El sorprendido «muerto» propinó un tremendo puntapié a la mujer, que cayó al suelo fulminada por un amago de infarto que hizo precisa su hospitalización. ¡Choriza!

El rumano ha sido reprendido por las autoridades, aparte de que es probable que el dinero que pensaba llevarse la vecina lo tenga que invertir ahora en pagar los gastos de hospitalización. ¡Y es que los hay bromistas!

LA GALLINA DE SANGRE AZUL

De vez en cuando aparecen en los medios de comunicación noticias que, por lo menos, resultan sospechosas, como ésta que les cuento a continuación.

En Venezuela, un modesto granjero no paraba de frotarse los ojos y pensar si le duraba la «tajada» del día anterior cuando fue a recoger los huevos que sus gallinas habían puesto durante la noche y encontró bajo una de ellas, llamada «Matilde», un huevo azul. Calló de momento, pero decidió controlar las puestas de Matilde en lo sucesivo. La gallina al día siguiente volvió a poner un huevo azul, y entonces nuestro hombre decidió poner el hecho en conocimiento de los expertos, considerando, con razón, que su gallina era un fenómeno.

Hasta ahí la noticia y el que quiera creerla que la crea. Yo, desde mi escepticismo, no acabo de verlo claro y me recuerda un chiste. O dos.

¿Sabría decirme cuál es el animal que pone los huevos morados? Pues la gallina. Porque te pica en tus partes y...

Y aquel otro que dice: ¿Sabe cuál es el animal que pone los huevos más gordos? Pues sin duda alguna, la avispa.

EL PEQUEÑO DEMONIO

Los nombres que los progenitores suelen colocar a sus hijos se ajustan más o menos a las costumbres del país, a la tradición católica o a los dictados de la moda. Así, llamarse Jesús, Angel, Manuel, Rosa, Adela, Oscar, Luis Alfredo, Carlos Wifredo, Lorenzo Oscar, Topacio, Isabel Rosa, Félix Alberto o, aún más raro, Libertad o Constitución, no sorprende a nadie en la actualidad.

Sin embargo, los hay que se pasan un pelín y tres rayitas y tratan de adjudicar a sus vástagos nombres absolutamente diabólicos. Como el protagonista de esta página, un japonés que trató de inscribir a su hijo en el registro con el nombre de *Akuma*, en cristiano, «Demonio».

En principio, los sorprendidos funcionarios le dijeron que nones, pero el japonés recurrió a lo que había que recurrir y ha conseguido que le autoricen a realizar su deseo.

Lo más curioso es el alegato del papá. Dice que ha decidido poner ese nombre a su hijo para que sea siempre alguien que destaque. ¡Pues a fe que lo va a conseguir! Originalidad no le falta, mientras no se le pegue algo del nombrecito...

Historias de muertos
(¡con perdón!)

DOBLE ENTIERRO

Un cadáver fue enterrado dos veces en el mismo día y con escasas horas de diferencia en dos localidades gaditanas.

La familia de un fallecido se dio cuenta, al ir a recoger el cadáver de su deudo al depósito del hospital para enterrarlo, que el muerto había variado sustancialmente de aspecto. Uno de los familiares dijo que lo había encontrado «muy hinchado», mientras que otros afirmaron no reconocerlo. Entonces se percataron de que en el hospital había habido un error y que a su familiar le habían enterrado por la mañana en una localidad cercana.

Avisado el juez, ordenó desenterrar los restos mortales, y se comprobó que se trataba de la persona que había de ser enterrada a las cinco de la tarde, por lo que ordenó el traslado del cadáver al lugar de su definitivo reposo, otra localidad gaditana distante decenas de kilómetros.

Subsanado de esta forma el error, el fallecido fue

enterrado tras oficiarse por segunda vez en el día el correspondiente funeral. Por lo menos en eso, en rezos, el finado salió ganando. La familia del otro difunto, parece que no se había apercibido del cambiazo.

UN NEGOCIO FLORAL

Los policías municipales de la localidad que estaban de guardia vieron una sombra saltando la tapia del cementerio. Eran las tres de la mañana y, desde luego, aquello no era normal.

Tras avisar a dos coches patrulla dispusieron un servicio de vigilancia y procedieron a entrar en el camposanto. A la luz de las linternas recorrieron caminos bordeados de tumbas a la vez que invitaban al intruso a que saliera del lugar en que debía estar oculto.

De repente, la sombra se hizo visible y los policías comprobaron que se trataba de un hombre, al parecer marroquí, que sujetaba entre sus manos un abultado ramo de flores artificiales. Luego, tras un panteón, hallaron más de cien ramos que habían sido amontonados tras ser sustraídos de tumbas y nichos.

Parece ser que el avispado norteafricano había decidido montar un negocio de flores a costa del prójimo. Aquellas flores, una vez lavadas iban a ser destinadas de nuevo a la venta.

Como es lógico, fue puesto a disposición de la autoridad judicial, cosa nada nueva para él, ya que había sido detenido unos días antes en similares circunstancias. ¡Capullo!

UN MUERTO DERROCHADOR

¡Hay que ver las cosas que pasan! Ya ni se respeta a los muertos.

Expresiones similares debieron de proferir los familiares de un fallecido en Canarias, cuando se enteraron de que la desconsiderada actitud de dos empleados de la funeraria era la causa de que la tarjeta de crédito del muerto hubiera seguido operando con posterioridad al deceso.

Los avispados empleados sustrajeron la tarjeta de crédito junto con una anotación del número secreto del billetero de una persona que había fallecido. Tras ello, dieron a la esposa la cartera y usaron la tarjeta para beneficiarse de los ahorros de aquel desdichado. Hasta la intervención de la policía, alertada por la familia, hicieron diez operaciones en las que se apoderaron de algo más de ciento treinta mil pesetas, «para no llamar la atención».

Desde luego, a la familia sí que le llamó la atención que el fallecido pudiera seguir sacando dinero con la tarjeta. Una vez detenidos, los funerarios debieron de pensar que se habían pasado de listos.

EL CASO DEL SITIO «TRANQUILO»

Los componentes de una patrulla de la Policía Municipal de Barberá del Vallés (Barcelona) no se lo podían creer. Como todos los domingos, a las siete de la mañana los funcionarios se disponían a abrir las puertas del cementerio municipal para permitir el acceso a las personas que visitan la tumba de sus familiares.

De repente, al pasar frente a una batería de nichos se sorprendieron al ver en el interior de uno de ellos las piernas de una persona. Se acercaron discretamente y entonces comprobaron que no era una, sino dos, las mujeres que estaban metidas en el interior del pequeño y tétrico habitáculo.

Cuando preguntaron a aquellas dos jóvenes el porqué de su estancia en el lugar, éstas contestaron que habían decidido meterse en el cementerio porque «buscaban un lugar tranquilo para tomarse una cerveza». Pues a fe que lo consiguieron. Desde luego el lugar no podía ser más tranquilo.

Los agentes municipales expulsaron del lugar a las mozas, no sin antes advertirles de que en la siguiente ocasión buscaran otro lugar «tranquilo» distinto para tomarse la cerveza. Y es que, cuando las ganas de beber aprietan, ni las tumbas de los muertos se respetan.

Historias de animales (en el más amplio sentido)

UN DETALLE CON LOS POLLOS

¿Quién ha dicho que los humanos no se preocupan de los animales? Para que vean que en algunos casos no es así, ahí va esta noticia.

«Investigadores de varios países, entre ellos Alemania e Israel, están efectuando sesudos experimentos que tienen como objeto conseguir la cría de pollos con pocas plumas para que no sufran los rigores caniculares de determinados países.

Las investigaciones intentan lograr que los pollos de granja no sufran a causa de su largo y denso plumaje y estén en igualdad de condiciones con sus congéneres de algunos países cálidos, aves que desarrollan unas plumas más cortas y de menos densidad. Mediante las correspondientes manipulaciones genéticas, se pretende conseguir el objetivo previsto sin que por ello se alteren las cualidades habituales de su carne y sus huevos.»

¡Y todo porque según uno de los científicos, los

pollos que tienen calor en verano, comen menos y por tanto engordan más despacio!

En el fondo, lo de siempre: ¡engordar para morir!

INSOLITO REFERENDUM

Un autodenominado «colectivo cultural» pretende promover un referéndum sobre la conveniencia o no de que los propietarios de los canes dejen abandonados los excrementos en la vía pública.

Se quejan los «cultos» de lo que nos quejamos los demás sin hacer ostentación de cultura: de que los dueños de los perros deberían recoger las cacas de los canes; de que suponen un riesgo para los transeúntes por aquello de que tienen que hacer «caca-slalom» al caminar por determinadas aceras; de que algunos se han roto la crisma en un inoportuno resbalón a causa de una fluida caca, como si de una piel de plátano se tratara; de que es muy desagradable andar a la pata coja buscando un trozo de hierba para aliviar de un peso adicional al sufrido zapato.

Y se quejan de cosas de las que otros no nos quejamos, como, por ejemplo, de que pretenden hacer el libro más grande del mundo a base de poesías y que no pueden inspirarse por culpa de las «mierdas» de los perros, ya que les deprime su contemplación.

Eso parece más bien una excusa. Sin embargo, para el referéndum, contad conmigo.

«FOQUICIDIO» EN NAMIBIA

Cuatro personas, entre ellos el propietario de un restaurante chino, han sido detenidos por la policía acusados de robar los penes y testículos de trescientas trece focas en una empresa de pescados.

Los infortunados animalitos poseen, al parecer, aparatos reproductores de alto valor afrodisiaco una vez han sido convenientemente desecados, y se pagan a precio de oro en determinados países de Oriente Medio.

Según la noticia, el Gobierno namibio autorizó este año la pesca de hasta cuarenta y ocho mil crías de foca, a pesar de la oposición de las organizaciones internacionales que velan por la protección de los animales.

Aparte de los usos habituales que se dan a la carne y otros despojos, los testículos y los penes son exportados con notable éxito. Los cuatro ladrones, pensando tal vez en hacer la competencia a los exportadores oficiales, decidieron iniciar el negocio sin pagar un duro, o sea, que querían hacer un negocio de «testículos», por la cara. Cara les va a salir ahora la experiencia, porque no creo que las cárceles namibias sean precisamente establecimientos de cuatro estrellas. ¡Que les cunda!

Y EN ESTE CASO, NIÑOS

Los dueños de un conocido restaurante de la provincia de Málaga, alemanes ellos, tuvieron la insólita idea de poner en la entrada del local un letrero en el que se decía «PROHIBIDA LA ENTRADA A NIÑOS».

Como es natural, se levantó un gran escándalo gracias a las denuncias de colectivos ciudadanos, grupos políticos y padres cabreados, que estimaban que la medida era, cuando menos, discriminatoria.

Tras una serie de rifirrafes, los dueños del local

han decidido quitar el cartel, si bien siguen prohibiendo la entrada a los niños. Una de sus propietarias, preguntada por los periodistas, dijo: «Miren, nosotros no queremos discriminar a nadie pero el local es pequeño y no caben cochecitos de niño ni tampoco tenemos comida para ellos, así que sería ilógico que vinieran.» Explicó además que «los niños siempre están gritando y son incapaces de estarse sentados y en silencio, lo cual molesta a nuestros clientes».

Ignoro lo que han hecho los clientes del local, pero tal vez un boicot sería suficiente para que la irascible propietaria recapacitara... y se comiera ella la comida.

CAMUFLAJE ANIMAL

Se acabaron los tiempos del caco Bonifacio, aquel personaje de historietas que ocultaba su identidad mediante un antifaz que cubría sus ojos, como mandan los cánones.

Ahora, los cacos ya no son lo que eran y se camuflan con cualquier cosa. Como el protagonista de esta historia, que atracaba a sus víctimas preservando su identidad con una máscara de gorila, que complementaba con una peluca.

La policía inició las investigaciones tras una ola de asaltos cometidos por tan peculiar individuo, que empleaba como elemento de coacción no los alaridos propios de un simio, sino una escopeta recortada y una pistola, negra como la muerte.

Las gestiones policiales dieron resultado y se logró detener al «mono», que resultó ser un mozalbete de veinte años. En su casa, ocultos entre otros efectos en-

T.B.
T.B.

contraron los agentes la careta, la peluca y las armas empleadas por el émulo de King Kong.

La «monería» de criatura se come ahora las uñas entre rejas, ya que ha confesado su participación en varios atracos que le van a proporcionar una condena como para «volverse mico».

UN CONEJO PAGA EL PATO

Muchas veces los irracionales pagan los platos rotos de los «presuntos» racionales. Y si no, que se lo cuenten al conejo de un mago inglés, que acabó convertido en estofado por obra y gracia —poca en este caso— de la señora del mago.

El matrimonio tenía serias desavenencias. En ocasiones habían llegado a las manos y todo, porque el mago era un «artista» con las chavalas. Los celos de la esposa, agravados por el trabajo nómada del esposo que le retenía pocos días en el domicilio conyugal, acabaron por afectar a la inglesa, que decidió vengarse. Y para ello, pensó que nada podría hacer sufrir más a su esposo que acabar con Roger, su conejo favorito, aquel que siempre sacaba con expresión triunfante de la chistera.

Aprovechando que el mago había salido de casa tras regresar de una gira por Europa, cogió al pobre Roger y preparó con él un estofado, que ofreció a su esposo. Cuando el mago estaba a punto de acabar con el humeante plato, la esposa culminó su «hazaña» diciéndole algo así como: «¡Acabas de zamparte a Roger!», cosa que provocó los vómitos de su marido.

¡Para que luego digan que la venganza es un plato que se sirve frío!

UN PANDA LE CUESTA LA VIDA A UNA «PANDA»

Desde luego, ni tanto, ni tan calvo. Aquí nos quejamos de que los delincuentes entran por una puerta y salen por otra. Los americanos hacen otro tanto. Sin embargo, no creo que en China los ciudadanos piensen lo mismo. Por lo menos, no de los delincuentes que se meten con los osos panda. Y si no, que se lo pregunten a los colegas de dos ciudadanos de piel amarilla y ojos rasgados que han sido ejecutados por vender tres pieles de esos simpáticos animalitos, mientras que otros implicados han sido condenados a la no despreciable pena de cadena perpetua por connivencia con los pérfidos y malvados campesinos «matapandas».

La pregunta que se hace uno al hilo de la noticia es que cuál será la pena correspondiente a un violador y asesino de menores. ¿Los matarán y venderán su piel como hicieron los protagonistas de esta historia con los panda? Vaya usted a saber. Yo me creo cualquier cosa.

LOS HUEVOS MAS CAROS

No sé si ya habrá sido incluido en el libro de los récords, pero por si se les ha pasado por alto les diré que, casi seguro, los huevos más caros del mundo fueron puestos a la venta en Bilbao en el curso de la exposición sobre prehistoria. Se trata de huevos de dinosaurio y se vendían al nada módico precio de un millón ochocientas mil pesetas la docena.

A pesar de que estaban bastante «duros» y de que no sirven para hacer un revuelto de ajetes ni nada por el estilo, parece ser que fueron una de las estrellas del certamen.

HABLANDO DE HUEVOS...

En este caso, de los otros, es lo que hay que tener para tragarse de una sentada un lechón de más de doce kilos con su correspondiente guarnición de patatas y cebolletas. Claro que el angelito que se despachó tal desayuno pesaba casi trescientos kilos y lo hizo porque estaba «deprimido». A consecuencia del atracón le dio un pasmo y tuvo que ser trasladado al hospital por los bomberos, ya que no había camilleros capaces de hacerse con él. Allí, en Urgencias y tras prepararle una cama especial, le atendieron como pudieron pero, finalmente, falleció.

CERDOS NOMBRADOS PERITOS JUDICIALES

Un juez de Pamplona, encargado de la investigación de las causas que produjeron las graves lesiones que padecía un joven y que al parecer fueron consecuencia del enfrentamiento entre manifestantes y policías, ha admitido una curiosa prueba pericial.

Lo que se trataba de averiguar era si las lesiones sufridas lo fueron a consecuencia del impacto de un bote de humo de los «antidisturbios» o por otras causas, alguna de las cuales podría haber sido el impacto de un cascote lanzado contra los policías por los propios manifestantes.

Para ello, el juez citó a las partes a una prueba pericial en la que los «peritos sufridores» serían los componentes de una piara de cerdos, contra cuyas cabezas se efectuarían disparos con botes de humo.

Lo curioso de la noticia es que, según diversos dictámenes, el cráneo de los marranos es de características parecidas al de los humanos en lo relativo a la dureza. Y si me lo permiten, en otras cosas, aún más similar.

Y SE AMARON DOS CABALLOS...

Me estoy imaginando la escena. Prados verdes de Brasil con abundante forraje. Yegua de buen ver que pasta tranquilamente. Garañón que ve a la vecina y se le alborotan las crines. Total: salto de valla y aquella maravillosa yegua de crin blanca y ojos azules que sucumbe a los ardores del semental.

El resultado es que la yegua «Luna» quedó embarazada del fogoso «Príncipe», que no tuvo en cuenta aquello de «póntelo, pónselo». Y entonces surgen los conflictos.

El propietario de «Luna» no desea que su yegua tenga un potro de un desclasado como «Príncipe», un garañón sin linaje, y está dispuesto a hacerla abortar. Alega además el hombre que la pobre yegua fue víctima de una violación y quiere ser idemnizado en consecuencia. Sin embargo, la propietaria de «Príncipe» dice que lo que hubo entre ambos equinos fue un «auténtico amor» y que por lo tanto, nada de idemnización y por supuesto nada de abortos.

La polémica ha llegado hasta las más altas instancias y el pueblo en que sucedieron los hechos está dividido. A lo mejor es que no tienen otras cosas en que pensar.

ATRACO A MORDISCOS

Un presunto profesional del atraco fue detenido tras haber cometido fechorías, entre las que se encuentra una en la que utilizó el novedoso método denominado «atraco a mordiscos».

Una nota policial nos informa de que el presunto, conocido con el curioso nombre de «El hijo del hombre araña», atracó violentamente a un pobre disminuido, al que, de forma violenta —también llamada «tirón» o «jalonazo»— le arrebató una cadena de oro. Días después, en un alarde de profesionalidad, el mismo presunto atracó a un vecino, en esta ocasión propinándole mordiscos en las manos y en el cuello.

El padre del detenido está indignado con la falta de ética de su hijo, ya que en lugar de «arañar» a su víctima como hubiera sido lo lógico dado su apodo, actuó como un vulgar chucho callejero. Se ignora por otra parte si la decisión judicial será la de ingresarle en la cárcel o en la perrera municipal, lugar sin duda más adecuado para someterle a vigilancia ante la posibilidad de que esté rabioso.

Claro que, hablando de rabia, tiene que dar mucha que te atraquen de esa forma. ¿O no?

¡Jesús, qué carácter!

UN HOMBRE CON LOBO

Se suele decir con frecuencia de aquellas personas que tienen algo especial, que tienen «ángel». En esta historia, el protagonista en lugar de ángel decía tener algo más peligroso: lobo.

No soportaba a su mujer. Por eso un día no pudo más y la estranguló. En principio, la cosa le salió bien, ya que el forense dictaminó que la muerte se había producido por causas naturales. Luego, sin embargo, se demostró que la víctima había fallecido por asfixia traumática, y a partir de ahí comenzó su ruina.

Conducido a las dependencias del Grupo de Homicidios de la policía, comenzó a desgranar una extraña historia: «Estaba en mi casa con mi querida esposa y de repente comencé a sentirme mal. Me recosté en la cama y vi cómo salía de dentro de mí un hombre lobo, que se abalanzó sobre mi esposa, a la que agarró por el cuello hasta que la mató. Luego, desapareció.»

Lo de hacerse el loco no parece ser que le vaya a dar buen resultado, ya que se ha comprobado que mantenía frecuentes discusiones con su «querida esposa». La última de estas discusiones resultó fatal para la mujer.

«CHORIZO» CON NIÑO

Imaginen la escena. Una atareada ama de casa con el coche estacionado en doble fila en una céntrica calle del barrio de Salamanca, en Madrid, procede a descargar unos voluminosos paquetes que lleva en el maletero.

De pronto, se acerca un joven que dice tener el coche aparcado correctamente y pide permiso para apartar unos metros el coche de la señora para poder sacar el suyo.

Nuestra protagonista, sorprendida tal vez de que aquel joven no proteste como un energúmeno —conducta habitual de los que nos encontramos un coche en doble fila impidiéndonos la salida—, accede a la petición, comprobando aterrorizada instantes después que el coche sale de estampida y que los pocos metros se convierten en unos segundos en varios cientos.

Sin embargo, no acaban ahí las peripecias. El amable «chorizo», al comprobar que en el coche se encuentra una niña de cinco meses, reduce la marcha y arroja al bebé a la calzada ante la aterrorizada mirada de la pobre madre.

Afortunadamente las lesiones de la criatura no fueron de importancia. El «presunto» fue detenido y resultó ser un italiano, de nombre Francesco, aunque seguro que no De Asis de apellido. ¡Canallita!

EL IRASCIBLE SANSON

Un total de veinticuatro fornidos policías fueron necesarios para reducir a un individuo apodado —y con razón, por lo que se ve— *Sansón*, el cual había protagonizado un «jari» monumental en la no menos monumental Granada.

A la hora de mayor afluencia de clientes y con las terrazas de la Plaza Nueva abarrotadas, Sansón decidió hacer una de las suyas, tal vez para no pasar desapercibido. Así, arrancó una señal de tráfico y con ella a modo de improvisado ariete destrozó el escaparate de un comercio, tras lo cual arrojó los cristales sobre los ciudadanos.

Llegó una patrulla policial, que se vio impotente para reducir a tamaña bestia, por lo que pidió auxilio. Fueron llegando coches patrulla, hasta veinticuatro policías, que fueron los que tuvieron que aplicarse con Sansón para vencer su resistencia.

El individuo en cuestión monta «pajarracas» similares siempre que se le cruzan los cables. Hace unos meses arrancó el marco de la puerta del ayuntamiento y destrozó las hojas. Cuando este individuo hace alguna de las suyas, lo ingresan unos días y luego, a la calle de nuevo... ¡Hasta que pase algo más gordo!

EL CASO DE LA BODA A LA FUERZA

En ocasiones, las noticias dan cuenta de hechos casi increíbles y nos trasladan a otras épocas. Y si no, lean este caso, más propio de los tiempos de la Inquisición. Una madre quería que su hija matrimoniara a toda costa con un primo suyo. Así lo habían acordado las familias y así debía ser. La chica, sin embargo, se negaba. Ni quería casarse ni, por lo visto, le gustaba su primo.

Total, que amenazó con marcharse de casa antes de pasar por la vicaría a la fuerza. Fue entonces cuando la madre adoptó una drástica medida: atar a su hija con una cadena por un tobillo y fijar ésta con una argolla a un tabique.

Cinco días permaneció así la muchacha con vocación de soltera, soportando además los insultos y los malos tratos de su progenitora, hasta que el hecho fue denunciado por una vecina a las autoridades.

Ahora la madre-celestina se enfrenta a una petición fiscal de nueve años de fría mazmorra por tratar de imponer su criterio con tan reprobable procedimiento, como decía al principio, más propio de la Edad Media.

Pues eso: que se fastidie y que compruebe en carne propia lo que es la pérdida de la libertad. Y eso que ella no va a estar amarrada a la pared.

NO SE ADMITEN PERROS

Semejante cosa debió de decir el propietario de un bar a una peña de mozalbetes que había entrado en el establecimiento con un can. La lógica oposición del propietario a la estancia del chucho en su establecimiento provocó las iras de aquellos «presuntos» racionales, que se transformaron en una especie de fieras corrupias, ante la atónita mirada del irracional causante del cisco.

Los desalmados comenzaron a destrozar de forma sistemática el establecimiento. Hasta los motores de las cámaras frigoríficas fueron víctimas de sus iras. El dueño trató en principio de frenarles, pero un «¡Como te muevas, te rajo!» fue lo suficientemente convincente como para que el «barero» quedara de convidado de piedra.

T.B.

La policía logró detener a siete de los energúmenos —uno de ellos energúmena—, que fueron trasladados a la comisaría. Una vez allí, como parecían conservar ganas de pelea, acabaron arreándose entre ellos en el interior del calabozo.

Los daños en el bar fueron superiores al millón de pesetas y el propietario estudia la posibilidad de impedir la entrada a «animales» en general, porque el perro en esta historia es el único que se portó como un hombre.

CAFE CON BRONCA

Los clientes de una céntrica cafetería de Huesca estaban tranquilamente tomando su café con leche matinal cuando de repente llegaron ellos. Eran tres mozalbetes, con una «castaña» de cuidado, que la tomaron con los pacíficos ciudadanos, a los que insultaron, vejaron, amenazaron y por último echaron del local, ante la perplejidad de la camarera que atendía el negocio.

Cuando se quedaron sin clientes con quien meterse, comenzaron a sacudirse entre ellos y a romper la vajilla del establecimiento —las mamás de estos vándalos no podrán decir aquello de «mi nene en su vida ha roto un plato»— y a seguir escanciando e ingiriendo cubatas, por supuesto de gorra.

Alertadas las fuerzas del orden, acudieron al local para tratar de arreglar el desorden y entonces se lió la de San Quintín. Porrazos, puñetazos, caídas y, al final, los tres torrijas a la «trena».

Lo bonito y sorprendente —sobre todo para ellos— de este caso es que uno de los vejados, insultados y expulsados era... ¡el juez de guardia!

VENGANZA POR UN «PALOMICIDIO»

¡Caramba con la anciana! ¡Vaya genio, por Dios!

Estas y otras expresiones salieron a buen seguro de los labios de numerosos vecinos de una anciana, que comprobaron estupefactos cómo la viejecita arremetía contra una furgoneta armada con un martillo. El vehículo sufrió daños consistentes en abolladuras múltiples y rotura de cristales.

La anciana, al parecer, decidió vengarse de esa forma del conductor que, involuntariamente, momentos antes había aplastado a una paloma que picoteaba en la calle, y que no se apartó al paso del vehículo.

La buena señora, amante de estas aves, estaba echándoles comida desde la ventana de su piso cuando vio que una de ellas era arrollada por la furgoneta. Sin pensarlo dos veces bajó de su vivienda y, martillo en ristre, tomó cumplida venganza, hasta que pudo ser reducida por los vecinos. Algunos de ellos manifestaron a la policía que la anciana tiene la costumbre de echar comida a las palomas y que «se enfada mucho cuando alguien las espanta». Y tanto que se enfada.

LADRIDO FATAL

Poco podía imaginarse una ciudadana, dueña de una perrita casi de juguete, que el animalito iba a ser la causa de sus desventuras.

Como casi todos los propietarios de los ochenta mil chuchos censados en Madrid, nuestra ciudadana sacó a su Lúa al parque a «pasear» (por llamarlo de alguna forma menos marrana).

De repente, el pequeño can comienza a ladrar a un ciudadano que estaba paseando o lo que sea por el mismo lugar. La dueña, «¡Calla, Lúa... no molestes al señor!», y el señor que sí que se molesta y dice algo así como «Le voy a dar una patada en los c... a la mierda del perrito», ignorando sin duda que las perritas carecen de semejantes cosas. La buena señora que insiste en que el can cese de ladrar, y el ciudadano cada vez más enfadado a pesar de que la buena mujer asegura que su Lúa no muerde.

Y aquí empieza lo irracional. El presunto ciudadano saca una navaja del bolsillo y apuñala a la buena mujer al grito de «Veremos si muerde» para a continuación huir del lugar cobardemente.

CURIOSA REYERTA

Dos personas fueron detenidas por la policía como consecuencia de la llamada de unos vecinos que comunicaron que había dos que se «estaban matando» en plena vía pública.

Cuando llegaron, los policías encontraron que efectivamente uno de los contendientes yacía tendido en el suelo sangrando por la cabeza, vigilado por otro que empuñaba —pásmense— ¡un candelabro!

Claro que la sorpresa de los policías fue en aumento cuando comprobaron que junto al caído había un arma aún más insólita —pásmense aún más— ¡una motosierra!

Parece ser que la discusión surgió cuando el de la

motosierra se presentó en casa de su «ex» con ánimo de montar una trifulca por razones que se me escapan. El actual compañero de la dama en disputa salió en su defensa y, sin pestañear ante la presencia del improvisado émulo de *La matanza de Texas*, agarró un candelabro, propinándole un «candelabrazo» en la cabeza.

Ahora, en el hospital, seguro que recapacita y, mientras mira la televisión, supongo que estudiará el empleo de un arma más «adecuada» para la próxima vez. ¡Y es que los hay de bastos!

LOS HAY NERVIOSOS...

Y en caso de duda, consúltenle a un honrado ciudadano que fue víctima de la furia de dos energúmenos por una trivial discusión originada por el uso de un inocente teléfono.

Imagínense la escena. Un ciudadano está hablando tranquilamente con su madre, su tía la del pueblo o una amiga de la infancia desde una cabina de Marbella para relatarle lo bien que lo está pasando y lo bonito que es aquello. De repente, dos personas le hacen gestos impacientes desde el exterior para que corte el rollo porque al parecer ellos también quieren usar el teléfono. El ciudadano dice que nones y se hace el loco a la vez que continúa con su cháchara. Los dos de afuera que se soliviantan, abren de golpe la puerta y con sendas pistolas le disparan varios tiros, que le dejan malherido.

¿Se imaginan la cara del tiroteado? Son cosas que pasan.

Cosas de niños
(y de otros no tan «niños»)

DELINCUENTE PRECOZ

Así podría ser denominada una niña de diez años que, aprovechando un descuido de su maestra, se apoderó de una de las tarjetas de crédito de la «seño».

Al salir del cole, la niña fue directamente a una tienda donde adquirió varias cosas por importe de cuatro mil pesetas. A la hora de pagar contó a la cajera una «milonga», que consistía en afirmar que su madre no la había podido acompañar, pero que le había dejado la tarjeta de crédito. Como todos los días van a las tiendas niñas de diez años con tarjetas de crédito, la cajera no sospechó en absoluto, por lo que formalizó la compra entregando a la pequeña el resguardo para que lo firmara. La menor echó un garabato y salió del establecimiento tan campante.

Al llegar a casa entregó la tarjeta a sus padres que, lejos de reprenderla, aprovecharon que el Pisuerga pasa por Valladolid para salir a cenar opíparamente —nada menos que cuarenta y cuatro mil pesetas de cena—, echar gasolina al «buga» y hacer algunas comprillas. Total, cien mil del ala a costa de la «seño».

¡Y luego dicen que los niños son malos!

SE DECLARA OBJETOR A LOS CIENTO DOS AÑOS

De piedra berroqueña debieron de quedarse las autoridades militares españolas cuando recibieron la autodenuncia de un ciudadano de ciento dos años que deseaba que le declararan objetor.

Don Ciscu, el venerable anciano, había emigrado a Francia cuando solamente contaba catorce años de edad. Tras efectuar diversos trabajos se alistó en la Legión Extranjera, y parece ser que estuvo en varias guerras. Sin embargo, todo en la vida cambia y nuestro anciano decidió un buen día que las armas las carga el diablo y se declaró a sí mismo objetor. La única arma que empleaba siempre que podía era la propia de su sexo, ya que constan en su haber numerosas mujeres, que sucumbieron a sus innegables encantos. Vive en una residencia y se ha echado una novia «para casarse en breve», porque funcionar, lo que se dice funcionar, aún funciona, según sus palabras.

Sin embargo, no era completamente feliz. Deseaba ser declarado objetor por motivos de conciencia y por ello se presentó a la Guardia Civil. «No deseaba tener problemas con el Ejército después de casarme», dijo el anciano.

T.B.

UN PROFUGO MENUDO

Un chavalete de siete años de edad ha sido declarado prófugo por el Negociado de Quintas de cierto ayuntamiento. La madre del menor no podía dejar de reír al leer la notificación que había recibido en su domicilio. Daban a su hijo un plazo para que se tallara e incorporara a filas, plazo que debería cumplir por aquello de «si no, aténgase a las consecuencias...».

La buena mujer, después de comentar el caso con todo quisque y pasar los correspondientes buenos ratos a causa de la anécdota, decidió presentarse en el ayuntamiento para subsanar el error. Entregó a un adusto funcionario el papel de marras a la vez que con indudable sentido del humor manifestaba que deseaba «pedir una prórroga para que el chico pudiera acabar la EGB». El funcionario no debió entender la sutileza o tal vez pensó que —como así era— le estaban tomando el pelo y pilló un enfado respetable, acusando a la buena señora de ser la culpable del error.

Desde luego, mujer, a quién se le ocurre no dar a luz diez años antes: ¡Así no habría habido error!

UNA PLASTICA VENGANZA

Uno de los edificios oficiales más importantes de Zaragoza fue desalojado a toda velocidad por parte de los servicios de seguridad, tras descubrirse cuatro «artefactos» explosivos en otros tantos lugares del inmueble.

Es fácil imaginar el temblor de piernas de quien

encontró las «bombas» y el sobresalto de los chicos de seguridad. ¿Qué hicieron? Lo indicado en estos casos: evacuar el edificio y avisar a la policía.

Los paquetes presentaban a simple vista un aspecto sospechoso: una sustancia de color anaranjado y varios cables eléctricos en el interior de una bolsa de plástico.

La policía comprobó, casi de inmediato, que se trataba de bombas de mentirijilla y gestiones posteriores permitieron detener al presunto autor de la colocación de artefactos, que resultó ser un empleado de la contrata de limpiezas que pretendía vengarse por haber sido despedido unas fechas atrás. Para que aprendiera, sería conveniente darle como alimento bocatas de plastilina, a los efectos oportunos. Y un buen laxante para después.

MELANCOLIA CASTRENSE

Un tribunal italiano acaba de sentar un peligroso precedente al condenar al Estado a idemnizar con unas cien mil pesetas mensuales a un tierno ciudadano que enfermó del «virus de la melancolía» cuando cumplía su servicio militar. Al parecer, el ahora melancólico era un chavea sanísimo hasta que se incorporó a filas. Allí, lejos del manto protector de la familia y rodeado de compañeros bromistas y juerguistas, el protagonista comenzó a «melancolizarse».

Tan traumatizado quedó que el asunto le dura hasta el día de la fecha —quince años después de licenciarse—, por lo que el tribunal ha decretado una idemnización de treinta millones en concepto de «atrasos».

A partir de ahora las autoridades castrenses tienen dos opciones:

a) Dejar que los reclutas con fuertes vínculos familiares se incorporen a filas con sus progenitores, dotando a la familia con una habitación con derecho a cocina.
b) Buscar un «desmelancolizador», cargo que podría recaer tanto en un afamado psiquiatra como en algún actor cómico en paro.

UN TIRON DE OREJAS

Un tribunal sueco condenó a un padre de familia a ingresar en prisión acusado de un «serio» delito: tirar a sus hijos de las orejas. No piensen que de la agresión se derivaron lesiones graves o irreversibles, no señor. Simplemente es que la legislación sueca castiga severamente a los padres que cometen con su hijos aberraciones tales como tirarles de las orejas, darles algún que otro cachete sin más consecuencias, reprenderles de forma airada, castigarles con «arrestos domiciliarios», etc. (Creo que toserles no está prohibido.)

El desesperado progenitor aprovechó un permiso de fin de semana para evadirse de la prisión y en la actualidad ha pedido asilo político en Bélgica a la vez que ha denunciado a las autoridades suecas por «violación de los derechos de los padres».

Cosas de «profesionales» (buenos, malos y regulares)

EL CASO DEL MEDICO LADRON

Por «cambiar de sitio» aparatos e instrumental médico un galeno infiel fue detenido. Aprovechando las facilidades de su condición, el médico se había apoderado de un sinfín de cosas, que trasladó a su casa para usarlas en su consulta particular. Así, por todo el morro y por la cosa del ahorro.

En unos dos millones y medio fueron valorados los susodichos chismes, que han sido reintegrados a su sitio, o sea, al hospital del que nunca debieron salir. ¡Pues menos mal que era ginecólogo el «colega»!

EL CASO DE LOS BUENOS, PERO MALOS

A dos años y pico de cárcel han sido condenados dos policías madrileños que, tras cachear a un «guiri» en plena Puerta del Sol, se «olvidaron» de devolverle una cantidad de dinero que llevaba. Total, unas ciento y pico mil del ala.

Los poco avispados «polis» debieron pensar que el ciudadano extranjero no presentaría denuncia porque iba indocumentado y se expondría a la expulsión, y hasta le dieron la dirección de la comisaría para que pasara a recoger el dinero, «que, de momento, queda intervenido». El despojado pasó, y pasó lo que pasó. ¡Panolis!

EL CASO DEL VIGILANTE PIROMANO

El gerente del Hospital Santa Caterina, de Gerona, no daba crédito a lo que estaba pasando en el centro médico. En el espacio de unos pocos meses se habían producido numerosos incendios, de pequeña importancia, eso sí, pero incendios al fin y al cabo. Hasta doce veces fueron interpuestas denuncias en la comisaría de Policía por lo que se interpretaba por la propiedad del centro como «una persecución». En todos los casos el gerente había comparecido en las dependencias policiales acompañado por un guarda de seguridad que prestaba servicios en el hospital. Este incluso había proporcionado pistas sobre la presunta identidad de los autores, describiendo características físicas de aquellos a los que en alguna ocasión «había visto huir tras detectarse el fuego».

Además, siempre era el mismo vigilante el que descubría el foco del incendio y lo apagaba con encomiable diligencia. Muy mosqueante. Un análisis efectuado acerca de los trabajos anteriores del individuo permitieron saber que los lugares por él vigilados habían sufrido percances semejantes.

Y todo, porque quería demostrar que era un fenómeno y por lo tanto insustituible. ¡Listooo!

RAZONABLE INVESTIGACION

El presidente del Gobierno brasileño ha ordenado abrir una investigación contra un diputado federal que se ha enriquecido rápidamente.

Los sagaces investigadores se dieron cuenta de que el patrimonio del «presunto» se había multiplicado vertiginosamente, sobre todo en el último año, por lo que fue citado para que se explicara.

Y se explicó. ¡Vaya si se explicó! Dijo a sus atónitos interrogadores que tenía suerte. Mucha suerte. Una suerte loca. Y que en base a esa suerte, le había tocado la lotería cincuenta y seis veces en el mismo año. No una, ni diez. Cincuenta y seis.

A lo mejor con esta noticia estoy dando pistas a algunos que precisan excusas para encubrir sus enriquecimientos injustificables, pero qué le vamos a hacer.

De todas formas, creo que no le va a servir de nada porque el presidente ha dicho que sospecha que se trata de una forma de blanquear dinero.

¡Muy agudo, señor presidente! Eso se llama intuición. ¡Ah!, y no se crea lo de que «le tocaba la lotería por intervención divina». ¡Con el trabajo que debe de tener Dios!

ININTELIGIBLE SENTENCIA

La Audiencia procedió a la anulación de una sentencia y ordenó al juez que la redactara de nuevo, ya que en el apartado de «hechos probados» el magistrado se había liado de tal forma que resultaba inintiligible y por tanto «imposible extraer de ella conclusión jurídica alguna».

Se trataba de una sentencia en la que se absolvía a un individuo de un presunto robo con intimidación y decía cosas tan curiosas como ésta: «El acusado xxxx, el día xxxx, a las cuatro de la mañana, cuando transitaba por la calle xxxx de esta ciudad, con los alias de Carlos, José, al parecer un transeúnte le pidió dinero si no avisaba a la policía.»

LAS COMPARACIONES SON ODIOSAS

Un juez respondió al anuncio de un letrado de recurrir al Tribunal Constitucional en caso de que no se aceptara la práctica de unas pruebas con un curioso auto. Decía así: «Sobre el anuncio de su propietario de recurrir, en su caso y en su día, si fuera necesario ante el Tribunal Constitucional, es lo mismo que si el recurrente nos hubiere desvelado su propósito de buscar amparo, en rogativa, ante la Virgen de los Desamparados, o nos hubiere hecho partícipes del color de su ropa interior.»

El letrado recurrente se ha quejado de lo que considera un «atropello» con el «auto».

VUELVA
USTED
MAÑANA
T.B.

NI EL SABIO SALOMON

Un juez —esta vez de la India— se enfrentaba a un curioso dilema. Tenía ante sí a dos personas que reclamaban la propiedad de un loro. Después de darle muchas vueltas al tema, fue el alado objeto de discusión el que resolvió de forma contundente: llamó por su nombre al hijo de su auténtico propietario. El juez lo tuvo claro y entregó el loro a su dueño. ¡Con pruebas así, cualquiera!

EL CASO DEL HOMICIDA RECHAZADO

La policía buscaba con todos los medios a su alcance a un individuo que en el curso de un atraco había causado lesiones a una empleada de la tienda asaltada, lesiones que determinarían su posterior fallecimiento. Tras no pocas gestiones, los policías habían logrado identificar al presunto, si bien no lograban dar con él, ya que había desaparecido sin dejar rastro.

Sin embargo, lo que son las cosas, dos policías lo reconocieron días después en la sede de los juzgados, y procedieron a su inmediata detención. Lo curioso es lo que viene a continuación.

El joven —que iba acompañado de su padre— declaró que aquella era la segunda vez que iba a los juzgados para entregarse y que no le habían hecho ni caso. Primero fue al juzgado de guardia y confesó que era él quien había matado a la chica en el atraco. Le dijeron que volviera al día siguiente. Cumplió al pie de la letra las indicaciones, pero tampoco le hicieron caso, y le remitieron al juzgado que llevaba el asunto. Ya se marchaba cuando fue detenido.

El juez encargado del caso ha decidido abrir una investigación. ¡Bien hecho! Y duro.

JUEZ Y PARTE

En la sede de los juzgados de Madrid se estaba celebrando un juicio contra un peligrosísimo delincuente. El malo fue conducido por dos guardias hasta la sala de vistas y, allí, su abogada pidió al juez que permitiera que quitaran las esposas a su defendido, tal vez para que estuviera más a gusto. El juez, en un rasgo de humanidad que le honra, decidió acceder a lo solicitado, y ahí comenzó el follón.

El malo saca de entre su ropas un estilete más largo que un día sin pan, se abalanza hacia adelante y toma como rehén a la fiscal, a la que inmoviliza colocándole el arma al cuello.

Luego, un numerito. El malo, la fiscal, el juez y los dos civiles caminando hacia la puerta. Más amenazas y por fin descienden hasta la planta baja del edificio. El juez trata en todo momento de tranquilizar la cosa, que echaba humo, como es natural. Llegada a los bajos ante la estupefacción de los presentes. El delincuente se descuida una fracción de segundo y el juez, raudo y valiente, logra reducirle y desarmarle. Fin de la historia.

A pesar de la modestia del valeroso representante de la Justicia, me permito imponerle mi medalla de oro particular. ¡Chachi!

OTRA DE LO MISMO

La noticia me llegó así: «Un abogado detenido por atracar a una juez de Instrucción.»

Los hechos sucedieron en una céntrica calle de una gran ciudad a la una de la mañana. Una jueza que se dirigía a su domicilio se encontró de buenas a primeras con un nervioso individuo que, al grito de «Soy abogado y necesito dinero», apoyado por el contundente argumento de una navaja apuntando al cuello de la magistrada, exigía la entrega de cuanto de valor portase.

El ladrón consiguió apoderarse del bolso de mano que llevaba su víctima y salió corriendo como alma que lleva el diablo.

La jueza no se arrugó, a pesar de que había motivos más que sobrados para ello, y comenzó a pedir auxilio a la vez que perseguía al inusual atracador, que momentos después era detenido por una patrulla de la policía

Trasladado a las dependencias policiales, el «abogado-chorizo» se acogió a su derecho a no declarar ante la policía y hacerlo ante el juez de guardia, rogando a la Providencia —supongo— que el magistrado de turno no fuera precisamente su víctima.

EL CAZADOR, CAZADO

El jefe de la policía del condado de Leicestershire, en Inglaterra, estaba más que harto de que se produjeran accidentes en las carreteras de su demarcación; sin duda, eso empañaba su gestión, y decidió poner freno a los excesos de los automovilistas para tratar de bajar la cifra de siniestros. A tal fin, ordenó un servicio especial a sus hombres para que vigilaran de forma rigurosa las carreteras y sancionaran duramente a los infractores.

Pocas horas después y tal vez con la satisfacción del deber cumplido, el jefe de los «polis» subió a su coche y comenzó a conducir camino de su casa. Al llegar a la autopista aceleró y puso el coche a ciento veinte. Iba pensando sin duda en el *plumcake*, en el *roastbeef* y en el *weekend* con su parienta y no debió apercibirse de que las señales de tráfico limitaban la velocidad a ochenta. Una sirena le sacó de su ensimismamiento y, poco después, dos agentes le obligaban a detenerse en el arcén.

Los «polis» ingleses —muy en su sitio ellos— trasladaron a su jefe al juzgado, donde reconoció su falta. ¡Toma del frasco, Carrasco!

JUGAR CON FUEGO

O más bien, jugar con el fuego de los demás. Eso es lo que pasaba en una localidad ecuatoriana en la cual los ciudadanos estaban más que escamados ante las reiteradas negativas de los bomberos a acudir a sofocar los incendios.

Tras una serie de denuncias de este tipo, se comprobó que los susodichos esgrimían una contundente razón: no podían atajar los fuegos porque no tenían agua.

Iniciada la correspondiente investigación por las autoridades, se comprobó que la falta de agua alegada por los bomberos se debía a que éstos habían montado un ilícito negocio por su cuenta: vender el agua destinada a las motobombas en las barriadas marginales que carecían de servicio. Así, los «casacas rojas» trasladaban la motobomba a los aljibes privados y descargaban el preciado líquido al precio de quince dólares por depósito rellenado.

Por el momento las autoridades han puesto punto final a irregularidad tan manifiesta y ahora queda por ver cómo acaban los infractores. Si sirve de algo la petición de los vecinos, deberían ser quemados y avisar a los bomberos cuando estuvieran ardiendo. Aunque, bien mirado, a lo mejor con la húmeda mazmorra hay más que suficiente.

UN BOMBERO, «BOMBERO»

Lo de llamar «bomberos» a los bomberos debe ser porque emplean la bomba hidráulica para empujar con fuerza el agua a través de las mangueras y así apagar los incendios. Creo yo, vamos.

En cualquier caso, los bomberos no se llaman así por poner «bombas» de las que estallan y eso. Sin embargo, un bombero asturiano ha sido detenido por haber colocado una bomba de las que hacen ¡PUM! en el comercio en que trabajaba su rival amoroso.

La historia comienza cuando la novia del bombero le abandona para salir con otro hombre. Los celos comienzan a hacer presa en él y un día arroja ácido a los pies de su «ex», por lo que es detenido. No satisfecho, cuando es puesto en libertad, planea una venganza mayor, en este caso contra su rival, empleado de comercio. Por medio de un cómplice cambia en el establecimiento una bombona de gas, presuntamente vacía aunque rellena con una «bombona» de las de pum, por otra llena de gas, como Dios manda.

Prepara la coartada, consistente en avisar a sus colegas bomberos de que en la calle hay un fuerte olor a gas y ¡PUMMMM!, explosión al canto y tres heridos muy graves, entre ellos el rival.

Ahora el «bombero» se come los celos en la trena.

AHORA, UNA DE BOMBEROS Y VINO

Después de estas historias de bomberos, nada más adecuado que esta noticia que llega de Paraguay y de la que son protagonistas un bombero y el alcohol.

Nuestro protagonista estaba loco de contento. Por fin, tras un dilatado noviazgo a causa de la necesidad de ahorrar para acometer semejante gasto, iba a lograr su sueño: desposarse con la mujer que amaba.

Embriagado sin duda por la felicidad, nuestro hombre —bombero voluntario y estudiante de ciencias contables— se reunió con los amigos para celebrarlo. Como suele ser habitual, bebieron más de la cuenta y a nuestro protagonista se le olvidó «contar» las copas que estaba bombeando a su organismo.

La impresionante «torrija» —de esas que llaman los castizos, y en este caso con mayor motivo, «guay del Paraguay»— le provocó un desvanecimiento, por lo que fue trasladado urgentemente al hospital por sus compañeros.

Sin embargo, los facultativos lo único que pudieron hacer por él fue certificar su defunción por intoxicación alcohólica. El finado pensaba contraer matrimonio ocho días después.

OTRA DE MEDICOS

En este caso, la cosa va de las manías de un dentista. La Unión de Consumidores de la ciudad califal ha presentado una denuncia contra un dentista de una entidad médica privada que se negó a atender a un cliente porque «osó» acudir a la consulta con unos pantalones floreados. Entendía el «sacamuelas» que aquello no eran formas correctas de presentarse ante él, por lo que indicó a su cliente que debía marcharse y regresar vestido de forma adecuada. Teniendo en cuenta los rigores de la canícula, la Unión de Consumidores entiende que el aspecto del paciente era correcto, a no ser por los susodichos «gayumbos», y que la negativa del dentista está fuera de lugar.

La compañía aseguradora contestó a la UCE que cada médico es muy dueño de imponer las normas que quiera en su consulta. Lo que se olvidaron los de la aseguradora es de recomendar a los socios la conveniencia de usar frac, los caballeros, y traje de cóctel, las damas, a la hora de asistir en calidad de enfermos a las consultas. Aspecto que debería constar en las descripciones de los cuadros médicos para que el cliente supiera a qué atenerse en cada caso.

PAPELES CAMBIADOS

Estamos acostumbrados desde siempre a que los buenos sean los policías y los malos, los ladrones. Sin embargo, no siempre sucede así y si no, lean el caso ocurrido en Barcelona hace solamente unos meses.

La Guardia Civil de la Ciudad Condal estaba in-

PUERTAS
BLINDADAS
S.A.

vestigando las andanzas de una banda de delincuentes que se dedicaban a la sustracción de vehículos para su posterior venta. Tras detener a siete de los «manguis», los miembros de la Benemérita se encontraron con la sorpresa de que el *cap de colla* (jefe del clan, en idioma de Verdaguer) era un sargento de la policía local.

Quizás por aquello de «yo me lo guiso, yo me lo como», los delincuentes, aparte de contar con la ayuda inestimable del agente de la ley, poseían un taller mecánico, un desguace, un servicio de grúas y una casa de compra-venta de coches.

Los «choris» tenían un curioso método de trabajo: el sargento se enteraba de los coches que estaban abandonados en la vía pública y daba aviso a la banda. Unas grúas los llevaban al taller y allí se les lavaba la cara y con los papeles falsos se ponían a la venta. ¡Todo un negocio!

EN CASA DEL HERRERO...

Suele ocurrir con frecuencia que, como dice el castellano refrán, «en casa del herrero, cuchara de palo». Pues bien, eso es lo que les pasó a los propietarios de una empresa dedicada a la venta de puertas blindadas.

Sin duda, tanto ellos como los dependientes del establecimiento habrían advertido a sus clientes de la necesidad de poner una puerta en condiciones para tratar de ponerles las cosas difíciles a los cacos. No obstante, parece ser que no aplicaban en sus carnes la misma medicina que recomendaban, o bien las puertas no eran todo lo blindadas que pudiera suponerse, porque una noche fueron víctimas de los cacos, que les sustrajeron más de seiscientas mil pesetas en puertas blindadas.

Cuando los policías fueron a la tienda a efectuar la pertinente inspección ocular se apercibieron de que los autores del robo habían entrado en el establecimiento... ¡forzando precisamente dos puertas del local!

Seguro que a los dueños de la tienda les sonó la cantinela de los funcionarios policiales recomendándoles que pusieran medidas de seguridad.

EL CASO DEL TENDERO LADRON

No es que sisara a los clientes, no. Lo que hacía este hombre, claro ejemplo de lo que no debe ser un honrado comerciante, era robar en los hipermercados productos de elevado precio —güisqui y similares—, que despistaba en cajas de vulgar detergente. Luego vendía los productos en su tienda como si tal cosa, poniéndolos a precio de «oferta».

Con lo que costaban, cualquiera. ¡Traidor!

UNA HISTORIA DE CORREOS

Y no precisamente de España, no crean. A pesar de la mala fama del servicio de Correos español —injusta en no pocas ocasiones—, este caso ocurrió en Francia.

Un ciudadano recibió el día 18 de noviembre de 1993 una carta que había sido depositada en una oficina de Correos de una localidad distante treinta y cinco kilómetros de la de destino, nada menos que el 23 de septiembre de 1972, ¡veintiún años antes!

Lo curioso es que las autoridades de Correos de Francia, en lugar de mandar el caso al libro de los récords y justificarse ante el perjudicado, le remitieron una nota en la que le indicaban que la carta estaba allí a su disposición, pero que debía abonar algo más de cuatro mil pesetas en calidad de «derechos de custodia». En la nota, sin embargo, se reconocía que el sobre pudo haber caído tras un armario en el transcurso de una mudanza y que «esa y no otra era la causa del retraso».

Pues bueno, a pesar del fallo técnico, el ciudadano ha sido informado, tras sus quejas, de que en caso de que no abone la cantidad de marras se queda sin carta. ¡Vaya morrazo!

ESTO ES EL COLMO

Desde luego los tiempos cambian y con ellos, los «chorizos». Ya nada es como antes. Recuerdo que hace años, cuando detenían a un «chori», no se generaban necesariamente situaciones violentas. Los delincuentes sabían que corrían el riesgo de ser detenidos y lo asumían con elegancia. Incluso llamaban de usted a los policías. Un detalle. A los jueces, por supuesto, se les tenía aún más respeto.

Ahora, de eso nada. Se han perdido el respeto y la vergüenza, dos de las «virtudes» de los delincuentes de la vieja escuela, y los «chorizos» de ahora se atreven con lo que sea.

Tal es el caso acaecido en Antequera y que habría escandalizado sin duda al Tempranillo. Una moza que estaba declarando en el juzgado aprovechó un descanso para colarse en el despacho de una jueza, a la que birló la cartera por el procedimiento del «descuido». Un agente del juzgado, testigo de chiripa, alertó a la policía, que detuvo a la mujer. Por supuesto, ésta ya no tenía encima la cartera: la había arrojado lejos de sí al ver lo que se le venía encima.

Total, tentativa de hurto. O sea, nada de nada. Declaración y a la calle, porque aquí, el recochineo no se sanciona. ¡Así nos va!

EL PRESUNTO PRESO EJEMPLAR

Un hombre de cuarenta y seis años de edad estaba considerado en la prisión como un recluso ejemplar. En base a ello, disfrutaba de permisos, de los que siempre regresaba puntualmente. La sorpresa de los funcionarios penitenciarios fue mayúscula cuando les llamaron de la comisaría de policía diciendo que el «preso modelo» acababa de ser detenido por ser el autor de un buen número de atracos a bancos, hechos que cometía precisamente aprovechando los permisos carcelarios. «Hasta el momento se ha podido demostrar su implicación en once asaltos a sucursales bancarias en las que entraba sumamente tranquilo y vestido de forma elegante», decía la noticia. Después se supo que el «buen ladrón» incluso giraba parte del dinero sustraído a sus compañeros de prisión para hacerles más soportable la estancia entre rejas. ¡Todo un «modelo»!

Seis casos de gente con «poderes»

LOS VIDENTES ATACAN DE NUEVO

No es que yo tenga nada contra los videntes pero con casos como el que explico a continuación, no sería para menos.

Una joven de veintidós años compareció en la consulta del presunto a través de un anuncio en una revista «especializada». El vidente diagnosticó mediante sus «poderes paranormales» que la paciente estaba invadida de malignos espíritus. Comenzó un tratamiento variado y exigió el pago de una «pasta » importante, de la que carecía la incauta, que, sin embargo, accedió a firmar un reconocimiento de deuda y entregar las escrituras de su vivienda como garantía de pago.

Escamada, la madre de la joven puso el hecho en conocimiento de la policía, que detuvo al «vidente»: a pesar de sus poderes, no supo «ver» que los de la «pasma» venían a por él.

Al parecer, las coacciones empleadas por el elemento consistían en amenazar a la joven con que, en caso de que no pagara lo que consideraba sus «honorarios» (millón y medio del ala), haría que los espíritus regresaran de nuevo a su cuerpo, eso sí, ¡¡acompañados de tres o cuatro más en calidad de refuerzo!! Casi nada.

COSAS DE UN CURANDERO DE PACOTILLA

Una joven de veintiséis años, aquejada de problemas de índole psíquica y a la que los médicos «normales» parecían no dar remedio, recurrió a los servicios de un curandero afincado en las afueras de Valencia.

Tras recibirla cordialmente, el curandero invitó a la paciente a tumbarse en un diván de la consulta y comenzó a someterla a un «magreo terapéutico».

Animado por la pasividad de la clienta, el avispado curandero pasó a mayores e inició unas hábiles maniobras, tras las cuales la joven quedó parcialmente desnuda mientras las manos de aquel individuo exploraban sus partes íntimas. «Esto no es lógico», debió pensar la explorada, a la vez que decidía poner fin al magreo. Se levantó de la camilla y fue directamente a la policía. En la comisaría manifestó que era la segunda vez que iba a esa consulta y que, en la primera, el curandero le había recomendado tener relaciones sexuales diarias con otros hombres distintos de su marido como «remedio infalible» para acabar con sus problemas. ¡Pues parece que el remedio era peor que la enfermedad!

OTRA DE CURANDERO «ESPABILAO»

Ya lo hemos dicho, y además ustedes son plenamente conscientes de que buena parte de los curanderos, videntes, sanadores, brujos de vía estrecha y otras especies similares, son estafadores de tres al cuarto que lo único que «ven» es el parné (u otras cosas) de los incautos que caen en sus redes, empleando los medios más extraños para la mecánica de sus ritos. Pero hay algunos que se exceden.

Como el elemento que inventó eso de la «expulsión de espíritus malignos por vía vaginal».

Motivado tal vez por la exuberancia de una de sus clientas, el brujo de pacotilla la convenció para que cediera a sus lascivos deseos con la excusa de que era la mejor forma de desprenderse de «esos espíritus que no te dejan en paz, amiga mía».

La clienta accedió en un principio a someterse a las artes presuntamente sanadoras, pero la reiteración y la escasez de resultados acabaron por escamarla y denunció los hechos. El presunto curandero fue detenido y ahora supongo que tendrá que dedicar el inusual «instrumento terapéutico» a otra clase de ocupaciones, por supuesto sin paciente endemoniada y en la soledad de la mazmorra. ¡Abusón!

UNA DE SANTON

Desde hace unos años, en la localidad de Baza (Granada) un curandero hace «milagros» empleando para ello los métodos más variopintos.

El santón, de veinte años de edad, tiene un gran poder de convocatoria entre aquellas personas desesperadas que acuden a verle una vez han fracasado con ellos los procedimientos curativos de la sanidad convencional.

Parece ser que todo tiene su origen en la «milagrosa curación» de dos clientas, una de ellas enferma de cáncer y la otra paralítica, que quedaron como nuevas tras una visita al joven curandero.

Sin embargo, los métodos sobrenaturales fallan a veces. Hace unos meses, en plena canícula estival, tres mil personas se concentraron en las inmediaciones del pueblo ante el anuncio de una aparición de la Virgen. El santón dijo que para ello tenían que estar media hora mirando el sol, que caía de forma inclemente. Resultado: ver a la Virgen, no sé si la verían, pero treinta «creyentes» tuvieron que ser asistidas de quemaduras en los ojos, quince de ellas de carácter grave con pérdidas de visión superiores al cuarenta y cinco por ciento. ¡Menuda visión!

PASO DEL ESPECTACULO AL ABUSO

Abusar de una mujer está mal, pero que muy mal, y si el abuso se hace utilizando poderes especiales la cosa está aún peor. Claro, que con un poco de suerte el abusador acaba pagando caro, como acaeció en esta historia.

Los hechos sucedieron en Barcelona. En una sala de fiestas actuaba un hipnotizador, bastante bueno en lo suyo, que ostentaba el récord del mundo en hipnosis colectivas a base de conseguir «hacerse» con ciento y pico de personas a la vez.

Al finalizar su actuación y recolectar los aplausos, llamados también «la comida del artista», el mago debió sentir otra clase de «hambre» y ofreció sus servicios a las personas que desearan ser tratadas de alguna dolencia, eso sí, esta vez en el camerino. Hasta allí fueron dos jóvenes —no se sabe si por dolencia o por curiosidad—, pero al salir denunciaron tocamientos y restregones por parte del hipnotizador, que se había aprovechado de su estado de medio trance.

El mago no debe de ser trigo limpio, porque ya había estado detenido por robar hace unos años aprovechándose de sus poderes.

EL CASO DE LA CURANDERA CON TRAMPA

Numerosos enfermos que habían acudido a la curandera de Coria del Río (Sevilla) contaban y no paraban acerca de las mejorías que habían experimentado en sus dolencias tras ponerse en manos de la susodicha. Pero con quien la curandera parecía tener un éxito especial era con los niños. Chavales de pocos años de edad afectados de terribles males mejoraban a ojos vistas en su estado general e incluso engordaban unos kilos, para regocijo de sus padres, que confiaban en una recuperación.

El tratamiento era caro, carísimo diría yo. Hasta un millón de pesetas había sacado a algunas familias.

El «tratamiento» consistía en unos masajes al enfermo, por los que cobraba mil pesetas, y una «medicina secreta» contenida en un frasco del cual había que administrar unas cucharadas varias veces al día hasta completar dos frascos a la semana, al precio unitario de seis mil pesetas. Los análisis de la «medicina» permitieron comprobar que se trataba de un brebaje con aguachirri y cocaína disuelta. ¡Con razón mejoraba el estado anímico de los pacientes!

De momento, la curandera está en la cárcel.

Seis casos de eso que llaman «mal vino»

TODO SEA POR LLEGAR A TIEMPO

Algo así fue lo que debió de pensar un joven, vecino de Alcorcón (Madrid), que se apoderó de un autobús urbano que estaba aparcado al final de la línea, en la Avenida de los Castillos.

El mozo en cuestión, seguramente ebrio a causa de las copichuelas de Nochevieja, al comprobar que eran casi las nueve de la mañana y que entrañaba dificultades tomar un taxi, decidió llevarse prestado el autobús. Iniciada la marcha a gran velocidad, fue dando tumbos por espacio de unos trescientos metros tras lo cual frenó su marcha de forma un tanto brusca, utilizando para cllo no los frcnos dcl autobús sino los latcralcs de diez coches estacionados, a los que dejó bastante maltrechos.

Para lo que no tuvo dificultades de transporte fue para su ingreso en los calabozos: el traslado corrió por cuenta de la policía.

OTRA HISTORIA DE COCHES Y ALCOHOL

Aunque en este caso no se trata de conductores suicidas. La historia es la siguiente. Dos ciudadanos de Ceuta se han planteado un curioso reto consistente en emplear alcohol para hacer andar un coche.

Ginebra —supongo que de garrafón— y papilla de plátanos es la mezcla con la que estos dos ciudadanos pretenden que un coche pueda circular, evitando así la contaminación producida por los gases de escape. Creen que diez litros de ginebra como combustible y ocho kilos de papilla de plátano como lubricante del motor serán capaces de hacer andar un vehículo por espacio de cuarenta kilómetros. Dicen los inventores que la mezcla de tan inusuales carburantes es aplicable a cualquier tipo de coches y que en ningún caso es perjudicial para el motor.

En caso de que lo consigan, se harán acreedores a figurar en el *Guinness*. Por suerte para el coche, carece de hígado, porque si no, es seguro que tan tropical cubata acabaría produciéndole una monumental cirrosis.

EL SEMAFORO NO TENIA LA CULPA

Un joven de veintiocho años de edad fue detenido de madrugada por la policía como presunto autor de los destrozos causados en un semáforo, que quedó «pal arrastre» como consecuencia de tan vandálica acción.

T.B.

Al parecer el joven circulaba en una motocicleta y con algunas copas de más y como consecuencia de una maniobra cayó al suelo. Al levantarse, se quedó fijamente mirando al semáforo, contra el que descargó sus iras en forma de patadas.

Después, subió de nuevo a la moto, pero su estado hizo que diera otra vez con sus huesos en el duro suelo. Pensando quizás que aquellas luces del semáforo eran una especie de «mal de ojo», la emprendió a patadas, puñetazos y codazos contra el inanimado objeto, al que logró arrancarle la caja de mecanismos, dejándolo «a dos velas» tras quince minutos de desigual pelea.

Los vecinos alertaron a los agentes del orden, que trasladaron al joven —en el que se apreciaban signos evidentes de embriaguez— a la comisaría, no sin vencer antes su tenaz insistencia en seguir fustigando con su ira al pobre semáforo. El aparato en cuestión fue trasladado a la «UVI eléctrica», donde ha quedado ingresado con desperfectos de carácter grave.

INCAPACITADO PARA SOPLAR

Tal coletilla o algo por el estilo tuvieron que poner unos sufridos policías municipales en el parte de servicio tras haber detenido al conductor de un coche que efectuaba maniobras extrañas.

Al requerir al conductor la documentación del vehículo, éste comenzó una confusa peregrinación por sus bolsillos, en los que no acertaba a meter la mano.

Los policías requirieron al hombre para que efectuara la prueba de alcoholemia, para lo cual le proporcionaron el «soplófono» pertinente. El individuo en cuestión comenzó primero a mirar con extrañeza ora a los agentes, ora al singular artefacto. Después, comenzó a sonreír con la mirada perdida en un punto indeterminado a la vez que agitaba el susodicho chisme. Finalmente, tuvo que ser auxiliado por uno de los agentes para introducirse el extremo del aparato de medir el alcohol en la sangre en la boca, ya que el beodo ni se la encontraba.

Sin embargo, la prueba no pudo efectuarse porque era de tal magnitud la «castaña» de aquel insensato que le impedía soplar. Claro que a lo mejor es que estaba cansado de lo que había «soplado» antes...

PARA CASAR Y FIRMAR...

Para casar y firmar, sereno tienes que estar. No parece haber dudas acerca de que el vino y demás bebidas alcohólicas son malos consejeros a la hora de escribir contratos, si bien, en otras ocasiones pueden ser una magnífica excusa para volverse atrás en una resolución ya tomada. Tal parece ser el caso de un jugador de fútbol alemán que pretende sacarle más «guita» a su equipo tras haber recibido una oferta de la competencia en la que se mejoraban sensiblemente sus emolumentos.

Al adelantado delantero se le ocurrió que una buena excusa sería decir que «estaba fuera de juego» a causa de una borrachera en el momento de la firma del contrato, y para reforzar sus alegaciones se buscó un testigo que reconoce que los dos estaban «torrija total». Ignoro la decisión que tomaron las autoridades judiciales alemanas —país del que procede la noticia— pero desde luego no estaría de más que en la sentencia se recogieran unas normas de urbanidad para «firmadores de contratos» y que sentaran jurisprudencia al respecto.

EL CASO DEL BORRACHO IRASCIBLE

Acababan de dar las once de la noche. Tres amigos que habían estado tomando unas cervezas en un *pub* salieron a la calle y se encontraron con un improvisado tenor que cantaba a grito pelado. El espontáneo Pavarotti, borracho como una cuba, provocó a los muchachos, que sonrieron a la vez que uno de ellos se burlaba «de lo mal que cantaba».

El cantante no soportó la crítica adversa y apuñaló reiteradamente al crítico *amateur*, que sufrió heridas graves.

Los hay que no soportan la crítica.

Discriminaciones, discriminantes y discriminados

A LA DISCRIMINACION POR LA NICOTINA

Eso de fumar, deporte que yo practico, se está poniendo cada vez más difícil y hay algunos países en los que creo que «se pasan un pelín». Por ejemplo, Finlandia.

Una sesuda encuesta, efectuada por un instituto de esos que se dedican a medir todo, llega a la conclusión de que, debido a la prohibición de fumar en espectáculos públicos, oficinas, restaurantes, etc., los adictos a la nicotina abandonan subrepticiamente sus lugares de trabajo durante algunos ratitos para dar unas clandestinas caladas al objeto de su feo hábito.

La evaluación en tiempo real de esos ratitos —según la susodicha encuesta— ha demostrado que suponen una pérdida de ¡veinticuatro días laborables al año! ¡Qué barbaridad! Por ello, los finlandeses han decidido dar un premio a los no fumadores consistente en unos días de vacaciones extras para compensarles de alguna forma el tiempo que pierden sus «viciosos» compañeros. De momento, han conseguido que una buena parte de los fumadores hayan prometido dejar de fumar para, así, tener derecho a esas vacaciones adicionales.

Me temo que si son auténticos enganchados, lo habrán dicho con la boquita pequeña... ¡Pillines!

Y OTRA MAS, ESTA DE GINECOLOGO

Una joven británica, casada y feliz con su esposo, tenía una sola pena: no podía concebir hijos. Dispuesta a lo que fuese, se puso en manos de un afamado ginecólogo y le expuso sus cuitas. El galeno recibió a su paciente y tras hacerla desnudar la condujo hasta la camilla para proceder a una revisión propia de su especialidad. Sometida a unas preguntas previas, la buena mujer confesó que era fumadora. Y eso y sólo eso desencadenó las iras del médico. «¡Vístase inmediatamente y salga de mi consulta. No pienso proporcionar tratamiento de fertilidad a una fumadora como usted. Me parece una inmoralidad que una fumadora pretenda tener un hijo!»

Total, que la mujer se fue a casa compuesta y sin niño tras haber estado seis meses en lista de espera.

Lo malo es que parece que cunde el ejemplo. Se ha conocido también el caso de un hospital en el que obligaron a una paciente a que dejara de fumar durante seis meses, ya que de mantener hábito tan nefando no la operarían de hernia. En este caso, sin embargo, parece que estaba más justificada la prohibición, ya que un acceso de tos podría hacer saltar los puntos de sutura tras la operación.

LE ROBARON POR NO FUMAR

Eso de no fumar a veces no tiene tantas ventajas como parece. El caso que les cuento sucedió en Tenerife. Un pacífico ciudadano transitaba por la concurrida calle del Puerto de la Cruz cuando fue abordado por un individuo, que le pidió un cigarrillo.

—Perdón, caballero. ¿Puede usted darme un cigarrillo, que me he quedado sin tabaco?

—Pues lo siento —respondió el otro—, resulta que no fumo ¿sabe usted?

—¡Vaya, hombre! Me alegro infinito de encontrar una persona como usted, que conoce los riesgos del tabaco y ha conseguido resistirse a ese feo vicio. ¡Venga a mis brazos!

Sin que el sorprendido ciudadano pudiera hacer nada por evitarlo, aquel individuo comenzó a abrazarle a la vez que le daba amistosos golpes en la espalda. Instantes después se despedían.

Cuando el confundido ciudadano vio al hombre alejarse se dio cuenta de que con él se había ido también la cartera que le había sustraído en medio de los «achuchones» y que contenía cuarenta mil pesetas.

Eso para que vean que a veces no es bueno no tener vicios, aunque sean tan malos como éste.

FUMAR LE SALVO LA VIDA

Si ya lo digo yo. Fumar es bueno, por lo menos en algunas ocasiones. El protagonista de la historia anterior se hubiera librado de ser robado y el de esta historia salvó la vida gracias a que era fumador.

Sucedió en tierras gallegas. El empleado de una gasolinera sufrió un atraco. No se resistió a los atracadores, pero a pesar de todo uno de ellos, en estado de notable excitación, disparó su arma. El destino de la bala fue el pecho del pobre empleado.

Sin embargo, tras el disparo nuestro hombre no acababa de creerse que no sintiera nada. Ni el más mínimo daño. Ni el más leve escozor. Cuando los atracadores se dieron a la fuga, comprobó que en su camisa, concretamente en uno de los bolsillos, había un agujerito. Metió la mano y encontró un pequeño proyectil que estaba junto a su mechero. Entonces comprendió que había sido el encendedor el que le había salvado la vida.

«Para que luego digan que fumar es malo», debió de pensar el buen gasolinero. Aunque en buena ley, hay que reconocer que se salvó en parte porque la pistola era de pequeño calibre.

EL CHUPETE DISCRIMINADOR

No conozco el reglamento que rige para las farmacias que se encuentran de guardia. No sé si hay cosas que son de urgencia y otras que no lo son, pero sí que soy padre y entiendo bastante de urgencias que parecerán un cachondeo y que no por ello son menos «urgentes» para quien las padece.

En caso de duda, consultar a la protagonista de la presente historia. Nuestra amiga estaba tranquilamente en su casa descansando tras una larga jornada. Sus tres hijos pequeños dormían plácidamente. De repente, el menor, con un añito recién cumplido, rompe a llorar.

La madre se levanta, lo toma en brazos y trata de calmarlo con todas las tretas posibles. Imposible. El niño sigue berreando. Todos en la casa buscan afanosamente el chupete del bebé, pero no aparece.

La madre decide entonces acudir a la farmacia de guardia para comprar uno nuevo, y entonces se encuentra con la sorpresa de que no le venden el deseado artilugio «porque el chupete no es una urgencia». La pobre madre se marchó con las orejas bajas y en su desesperación se encaminó hacia un hospital, donde le facilitaron el deseado artefacto. A buen seguro que la farmacéutica no tiene hijos pequeños... ¿verdad, señoras y señores?

UN CORRECTIVO EJEMPLAR

Los niños, esos locos bajitos, en ocasiones se pasan, de eso no hay duda. A veces son perezosos, sobre todo para hacer los deberes del colegio, con el consiguiente enfado de los educadores. Luego, los maestros suelen reprimir estas faltas de diligencia con reprimendas y castigos, la mayoría de las ocasiones leves. Sin embargo, cuando el maestro —en este caso maestra— está hasta el gorro, como suele decirse, adopta medidas disciplinarias «distintas» para ejemplarizar. Y se pasa.

Sucedió en Casablanca. Un niño de diez años llegó al colegio sin haber hecho sus deberes. La maestra decide escarmentarlo y ordena a todos los alumnos que orinen encima de él. Sólo uno lo consiguió (hay que ver lo difícil que es orinar cuando te lo mandan ¿verdad?) y puso a su «compa» hecho unos zorros.

Cuando el niño castigado llegó a su casa, se armó la marimorena. La madre montó en cólera y dio parte al director. Total, que la maestra ha sido sancionada con cuatro días de suspensión.

Eso, por «mear» fuera del tiesto.

LAS VENTAJAS DE SER ALTO Y FORNIDO

Un mocetón catalán de diecinueve añitos, uno noventa y nueve y medio de estatura, ciento veintiocho kilos de peso y un piececito del 52 se encuentra en una curiosa situación. Cuando se incorporó al cuartel para cumplir el servicio militar, sus mandos se encontraron con que no había ropas para su talla. Vanos fueron los esfuerzos para hacerle calzar las botas más grandes o para embutirlo en un traje verdoso como el de los demás.

Nuestro protagonista andaba por el cuartel con unas bermudas fluorescentes y camisetas blancas, manifiestamente inadecuadas para la uniformidad del conjunto. Además... ¡como casi no se le veía!...

Total, que sus superiores decidieron que lo mejor era que se marchara a su casa hasta que solucionaran el problema del muchachote, lo que a él de momento le ha valido para que le den un permiso indefinido, aunque tiene que llamar al cuartel cada quince días para ver si le han encontrado prendas de su talla. El tribunal médico que le examinó dijo que le faltaba medio centímetro para llegar a los dos metros que suponen la exclusión, así que a ver en qué quedamos.

LAS VENTAJAS DE SER CALVO

Ser calvo tiene muchas ventajas aunque los que se peinan con «frente ancha» no lo quieran ver así.

La última noticia al respecto de la que he tenido conocimiento se refiere a la curiosa oferta que han tenido dos futbolistas que militan en equipos nipones y que han sido contratados por sendas empresas de fabricación de bisoñés para que hagan propaganda de sus productos.

Parece ser que los avispados fabricantes decidieron fichar a los dos futbolistas ante el incremento de calvos en Japón, que llegan ya a los ocho millones. Eso, unido al gran aumento de aficionados al fútbol, con la consiguiente idealización de los jugadores por los aficionados, ha sido determinante para la toma de la publicitaria decisión.

El contrato, cifrado en unos cuarenta millones de pesetas al año por salir al campo con el postizo, supongo que habrá llenado de envidia a más de un melenudo, que estará en estos momentos tirándose de los pelos.

UNA INSPECCION DE TRABAJO

Un empresario de una localidad valenciana se dio cuenta de que se le caían de repente los palos del sombrajo. En la puerta de su industria había unos tipos que decían ser inspectores de Trabajo.

Sin pensarlo dos veces, y antes de abrir la puerta, conminó a siete trabajadores que estaban en situación ilegal a que se introdujeran en el conducto de una cabina de pulimento, para burlar así aquella indeseada inspección.

Tras un ojeo, los inspectores detectaron a los trabajadores, a los que invitaron a salir para levantar el acta correspondiente. Sin embargo, éstos habían quedado encajados de tal forma en el conducto que hubo que solicitar la asistencia de la Guardia Civil para sacarlos de aquel angosto agujero: por las estrecheces y porque el malhumorado industrial se resistió a las órdenes de los inspectores negándose a quitar los tornillos de la entrada de aire al conducto, con lo que puso en peligro la vida de los currantes.

Según consta en el teletipo que difundió la noticia, la empresa se ha negado a facilitar la versión de los hechos. ¿Qué podrían decir, si los hechos lo explican todo?

PAGARON LOS PLATOS ROTOS

En el deporte del fútbol, cuando las cosas van bien, de maravilla. Sin embargo, cuando los resultados no favorecen al equipo, todo el mundo se encarga de buscar a alguien que pague las culpas de los que realmente las tienen, y que no son otros que los jugadores. La insólita noticia del despido de las animadoras de un conjunto de fútbol italiano conmocionó a la opinión pública del país de los espaguetis. Las muchachas tenían como misión agitar frenéticamente unos pompones con los colores del equipo para general regocijo de la «basca», que se regodeaba observando los otros colores, o sea, los de la ropa interior de las jóvenes. Por su trabajo, éstas no percibían remuneración en efectivo, aunque sí unas cuantas entradas para los partidos «en casa».

Lo curioso del despido son los motivos. Resulta que a algún inspirado-desesperado, tras la derrota del equipo por goleada, le pareció que las chicas eran las culpables de la desgracia porque traían mala suerte. Y con las mismas, a la calle por gafes.

Sin duda esa causa de despido marcará un hito en la historia de las relaciones laborales.

Historias de «espabilaos»

UN SECUESTRO MUY ESPECIAL

Más de veinte policías de Valencia permanecieron de servicio día y noche durante tres días y a base de frugales «bocatas» para tratar de esclarecer un secuestro denunciado por una angustiada joven, que compareció en comisaría para comunicar que su hijita, de cuatro años de edad, había sido secuestrada por una banda, que solicitaba cuatrocientas mil pesetas de rescate.

Los expertos policiales sospecharon de la denunciante, más que nada por la cantidad, pero a pesar de ello montaron un importante operativo. La mujer entregó al día siguiente unas supuestas misivas de los secuestradores, y además se «acordó» de algunos datos no referidos el día anterior.

A los tres días apareció la niña sana y salva, y entonces los policías averiguaron que había estado en Castellón, en casa de sus abuelos, donde la había dejado su madre para su cuidado. El secuestro era una patraña para justificar ante los suyos el gasto de las cuatrocientas mil pesetas, en algo «de difícil justificación».

Por supuesto, la atribulada madre ha pasado a disposición del juez, donde deberá dar explicaciones.

UNOS DESAGRADECIDOS

¡Los hay desagradecidos y sinvergüenzas! —decía el capataz de los bomberos a dos de sus hombres—. ¡Mira que birlarnos las mangueras mientras apagábamos el incendio...!

El curioso suceso ocurrió en Madrid. En una de las zonas periféricas pobladas de chabolas se declaró un incendio en el que seis de esas infraviviendas resultaron completamente destruidas.

Los bomberos, tras denodados esfuerzos, lograron que el incendio no se extendiera y, una vez acabado su trabajo, procedieron a recoger el material. Fue entonces cuando se dieron cuenta de que les habían quitado las mangueras. ¡Desalmados...!

UN «LORERO» DEMASIADO ASTUTO

Se suele denominar «loro» en el argot de los delincuentes e incluso en el de los chelis al aparato de radio con que van equipados los vehículos. Dichos aparatos constituyen por lo general moneda de cambio para la obtención de drogas por parte de los individuos enganchados.

Sin embargo, otras veces hay espabilados que tratan de rizar el rizo, como le ocurrió al protagonista de esta historia.

Nuestro hombre se dedicaba a la sustracción de «loros» en las Palmas de Gran Canaria. Un día, cansado tal vez de lo poco que los peristas le pagaban por los radiocasetes que robaba, decidió inventar el «loro-rescate». Robó un aparato del interior de un coche e inmediatamente se puso en contacto con el propietario para decirle que podría recuperarlo a cambio de una módica cantidad de dinero.

El escamado ciudadano se puso en contacto con la policía, que le acompañó al lugar en que debía efectuarse el trueque, y el peculiar «chorimangui» fue apresado.

Al parecer, cuando era trasladado a la comisaría maldecía su suerte. ¡Y es que en ese tema está todo inventado, listo!

PARCELAS EN LA LUNA

Los habitantes de varias localidades malagueñas no daban crédito a sus ojos. Unos jóvenes con buena pinta habían estado repartiendo folletos que decían más o menos lo siguiente:

«Se acerca el fin del mundo. Dentro de unos meses unos extraterrestres vendrán a la tierra y acabarán con la vida tal y como la concebimos. Si quieres, tienes una oportunidad de sobrevivir al holocausto. Te ofrecemos casa y tierras para labrar en la Luna. Para más información, envía mil setecientas pesetas al apartado de Correos xxxx de Salamanca. No te arrepentirás. Puede ser tu única oportunidad.»

En principio parecía tratarse de una broma y, que se sepa, nadie picó o por lo menos nadie confesó haber caído en el engaño.

Sin embargo, la policía no descarta que se trate de una estafa de las conocidas como «el timo del apartado de correos» y que los autores sean viejos conocidos.

De lo que no cabe duda es de que hay que «estar en la Luna» para caer en un truco tan vulgar.

«GIBRALTAR-GUY-CAR-2000»

No me lo podía creer. Me lo contaba mi amigo el comisario de Algeciras y pensaba que me estaba contando un chiste. Un individuo había sido detenido dos veces en cuatro días en la verja de Gibraltar, donde estafaba a los extranjeros que pretendían pasar al Peñón.

¿Que cómo lo hacía? ¡Muy fácil! Se plantaba en la verja y abordaba los vehículos de los extranjeros con pinta de despistados. Exhibiendo un carnet «oficial» —fabricado con su propio DNI, un trozo de impreso de la cárcel de Algeciras y un membrete del Ministerio de Justicia—, exigía a los «guiris» la cantidad de dos mil pesetas como «derechos de paso».

En la primera detención se le intervinieron, aparte del carnet «oficial», unos billetes del Area de Servicios Sociales que entregaba como justificante.

En la segunda, se descubrió que el individuo enseñaba a los timados una hoja de libreta en la que había dibujado un peñón y la leyenda «Gibraltar-Guy-Car-2000 pts.». En este caso entregaba como justificante de pago... ¡medio cupón de la ONCE! Menudo caradura.

¡QUE NO LE PESE, SEÑOR CURA!

Los feligreses de la parroquia de un pequeño pueblo de la provincia de Madrid se restregaron los ojos sorprendidos ante aquello que estaba contando el cura a modo de plática dominical.

Con gran humildad, el sacerdote relataba a los reunidos que días antes había sido víctima de un timo. Se había presentado en la casa parroquial un individuo que dijo querer hablar con él. Tras identificarse como un antiguo feligrés que había sido favorecido por la caridad del sacerdote hacía años, dijo estar en situación muy desahogada gracias a una herencia y que deseaba hacerle entrega de unos cuantos millones «para que ayude a otras personas como me ayudó a mí en los momentos difíciles, padre».

Sin embargo, le solicitó cincuenta mil pelas de anticipo «para unas gestiones urgentes relacionadas con el legado». El sorprendido sacerdote le entregó sólo cinco mil, y si te he visto, no me acuerdo.

¡Que no le pese, padre! Todo sea por la caridad y, además, ha hecho bien en advertir a los suyos desde el púlpito. Y por si le sirve de consuelo, sepa que ha sido víctima de uno de los timos más viejos que existen, el de «la herencia».

Este, y los conocidos como «las misas» y «las borregas», a pesar de los años, se mantienen. ¡Ojo!

UN AVISPADO COMPRADOR

Sabido es que hay quien se las ingenia de mil y una formas para estafar a los propietarios de los supermercados. Los tenderos hacen lo que pueden para defenderse de las trafullas de los «clientes», y a veces lo logran.

El caso al que me refiero ocurrió en Gijón y acabó con la detención de un joven de diecinueve años, aficionado sin duda al buen beber.

El individuo entró decidido en un supermercado y tras dar algunas vueltas por el local se encaminó a los estantes en que están los vinos. Una vez allí, tomó de las estanterías tres botellas de Vega Sicilia, uno de los más caros y acreditados vinos de la Ribera del Duero, y, tras arrancarles cuidadosamente las etiquetas del precio —12.700 cada botella—, colocó en su lugar otras correspondientes a vino peleón de 209 pesetas.

Al pasar por la caja a efectuar el pago, la empleada se dio cuenta del cambiazo y avisó al vigilante jurado, que le retuvo hasta la llegada de la policía.

¡Este fulano si que puede decir, y con razón, que el vino fue su perdición... y sin probarlo, que es peor!

UN MELONERO CON POCO «MELON»

A lo largo de estas páginas hemos visto que el dinero no hace la felicidad. Por lo menos, no siempre. Eso es lo que le pasó a un ciudadano residente en un pequeño pueblo al que le correspondieron nada menos que ciento cincuenta y cinco millones en el cuponazo.

Felicitaciones de los vecinos. Cava para todos y alegría general. Lo que pasa es que la alegría duró poco. Unas semanas más tarde comenzó a recibir llamadas en su domicilio en las que le amenazaban con graves daños a él y a su familia en nombre de una conocida y tristemente famosa banda terrorista. El amenazado hizo lo que debía: avisar inmediatamente a la Guardia Civil. Los de la Benemérita montaron un dispositivo policial importante y, tras hacer lo que tenían que hacer (no lo cuento para no dar pistas), detuvieron al terrorista, que resultó ser de pacotilla, ya que al identificarlo los agentes comprobaron que se trataba de un melonero vecino del amenazado.

El terrorista «ful» fue ingresado en la cárcel por haber querido cambiar melones por millones, lo cual no está mal, siempre y cuando no sea a costa de los demás. ¡Espabilao!

¡A LA RICA GAMBA, FRESQUITA Y BARATITA!

La policía local de un pueblo del sur de España detuvo a un individuo en el momento en que estaba comercializando gambas presuntamente frescas. Suponemos que el vendedor estaría voceando su mercancía con el consabido eslogan de... «¡A la rica gamba!», cuando fue sorprendido por los eficientes discípulos de Plinio, quienes comprobaron estupefactos que las ocho cajas de gambas que el vendedor furtivo intentaba vender tenían una procedencia nada fresca: el vertedero municipal de una localidad cercana.

Resulta, al parecer, que algunos desaprensivos se dedican a ir a los vertederos próximos a unas grandes explotaciones de marisco y aprovechan parte del género en mal estado, con el consiguiente peligro para los consumidores.

La noticia dice que un portavoz municipal preguntado por los periodistas manifestó «que no sabía si el detenido iba a ser sancionado, puesto a disposición judicial o qué». Ante tan erudita y poco tranquilizadora respuesta se me ocurre que lo mejor es que al desaprensivo vendedor le fueran dando a comer gambas de las suyas, hasta que se acabaran. Así, desaparecido el «corpus delicti», por mí, que no le sancionen... ¡y que no le pase «na»!

«Penicidios», «güevicidios»... y otras lindezas

«PENICIDIO», ESTA VEZ EN ESPAÑA

Por aquello de que «en todas partes peligran penes», referiré un caso ocurrido en España, concretamente en Canarias, aunque a mí me parece que el doliente se lo merecía.

Una buena mujer canaria, ama de casa, esquivaba estoicamente a su cuñado cada vez que éste le tiraba los tejos con «miras deshonestas». Achuchones, requiebros, groserías y otras zarandajas no habían conseguido sacar a la buena mujer de sus casillas. Sin embargo, un día las cosas fueron a más. El cuñado la sorprendió en la escalera y la arrinconó, a la vez que le bajaba la ropa interior. Después, él sacó sus vergüenzas y trató de penetrar a su víctima. Ella agarró con una mano aquel trozo de carne no deseado y mientras el cuñado se las prometía muy felices, sacó del bolsillo una navaja, con la que dio un tajo al miembro agresor.

Fácil es imaginar la carrera de aquel individuo hacia el hospital con las manos sujetándose el casi desprendido colgajo. Y no tan fácil debió resultarle dar explicaciones de lo sucedido, porque para tamaña herida el pene tenía que estar a buen seguro fuera de la «jaula». ¡Vaya pájaro!

AHORA, UN «INFANTIPENICIDIO»

¡Si es que no hacen más que lo que ven en la tele!, comentaban alarmadas las madres de un colegio catalán. El caso no era para menos. Al ir a recoger a sus hijos, todos ellos de preescolar, se enteraron de la noticia.

Una madre entre sollozos comentaba que una niña de cuatro años había tratado de cortar el pene a un niño de su misma edad. Y era cierto. Los niños habían salido de clase momentos antes. Hasta la llegada de sus progenitores, esperaban en una sala, y ahí se desarrollaron los acontecimientos. Por causas que se ignoran —eso según las diligencias, porque las madres las conocen perfectamente—, la niña sacó unas tijeritas de su cartera y con ellas se aplicó a cortar la «colita» a su «compa».

Afortunadamente, las tijeras eran de punta redonda, de las utilizadas por los niños en manualidades, y causaron una herida que sólo precisó de dos puntos de sutura.

Pues ya saben, señoras. Cuidado con lo que sus hijos ven en la tele y con lo que ustedes comentan «entre amigas». ¡Tienen una antena los niños...!

ESTE, EN ALEMANIA Y CON «MERLUZA»

Para que los lectores se den cuenta de que esto de la «penemanía» no es nuevo, ahí va esta historia, ocurrida en Alemania. Un matrimonio discutió a causa de que él quería hacer el amor y ella, que estaba con una medio «merluza», quería seguir bebiendo, lo que sin duda le resultaba más gratificante.

El, que se pone pesado, y ella, que le arrea con la botella en la cabeza. Pérdida de conocimiento del marido y a continuación la borracha le corta el órgano a ras aprovechando el desmayo.

Acaba de ser condenada a tres años de prisión.

SOPA DE PENE

Una, al parecer, estupenda sopa de pene de tigre puede ser degustada en determinados restaurantes asiáticos. Lo de puede ser degustada es en cualquier caso relativo, ya que el sopicaldo en cuestión sale al nada módico precio de unas cuarenta mil pesetas la taza.

Parece ser que el brebaje tiene propiedades fáciles de suponer por provenir de la parte que proviene, aunque lo cierto es que a ese precio uno duda de que el «aparato» no se arrugue... ¡del susto!

NO LE SERVIA DE GRAN COSA

Pablo Pepén —a partir de ahora «Penón»— decidió acabar con aquel maldito apéndice que colgaba entre sus piernas y que para nada le servía. Para ello, bebió de un trago una botella de ron y ya envalentonado acabó de un tajo con tan odiado pingajo. Cuando recobró el conocimiento en la cama del hospital manifestó que hacía unos años había intentado decapitarse a causa de su impotencia, pero no lo logró. Por ello, esta vez decidió ir a una parte más fácil y lo consiguió.

HUEVOS A LA CERA

Y que conste que no es una receta de la nueva cocina francesa, no señor.

Un albañil londinense, de cuarenta y cinco años de edad, sufrió lesiones de cierta consideración —a mí se me ponen los pelos de punta— al serle arrojada cera derretida por su esposa a ¡los genitales!

La señora en cuestión parece ser que estaba «algo molesta» porque el día anterior había recibido un paquete con unos calzoncillos de su esposo y una nota en el interior de una que decía ser su amante.

POR UNA VEZ, LES TOCA A ELLAS

Una mujer rumana tuvo que pasar un mal rato cuando la llevaron a un hospital de urgencia para ser asistida de un mordisco en «sus partes». Los facultativos tuvieron que emplearse a fondo para reconstruir el labio vaginal izquierdo, que estaba completamente destrozado a causa de una noche loca con sus esposo.

Lo bueno del caso es que la mujer trataba de esforzarse en explicar que «no sabía cómo le había podido ocurrir aquello».

Los médicos la tranquilizaron diciendo que ellos sí se lo explicaban. Y ustedes también ¿no?

DOS CASOS DE «¡HAGALO USTED MISMO!»

El propietario de un pequeño bar de una barriada de Madrid estaba bastante mosqueado. Un hombre, que había llegado minutos antes, se había metido en el lavabo y no salía. Media hora más tarde, como el cliente seguía encerrado, nuestro sufrido tabernero comenzó a golpear la puerta.

«¡Ya salgo!», repetía insistentemente el encerrado. Pero no salía y tuvieron que llamar a la policía. Cuando llegaron los agentes, y tras derribar la puerta, se encontraron a un hombre sangrando por salva sea la parte. Estaba deprimido y se había cortado el pene para desangrarse.

El segundo caso de «hágalo usted mismo» ocurrió en Italia. Un joven, desesperado porque le había dejado la novia, se cortó los testículos con unas tijeras al grito de: «¡Mi chica me ha dejado y me quiero meter cura!» ¡Como si los curas no tuvieran...!

Como quiera que aquello que le molestaba lo había arrojado al retrete, fue imposible recuperarlo y se ha quedado sin ello.

O sea, que lo suyo no ha tenido «cura».

¡PERO HOMBRE...!

¡Pero hombre... a quién se le ocurre! Seguramente esta frase y otras parecidas habrán sido el latiguillo que ha padecido el ciudadano italiano que hubo de ser trasladado de urgencia al hospital comarcal tras haber sufrido la amputación de parte del pene.

Lo curioso del asunto es que en este caso el penicidio no lo había cometido una ultrajada doncella. Ni siquiera un vengativo ciudadano. La sorpresa surgió cuando acabó confesando que había sido «un mero accidente» que le ocurrió cuando introdujo el «aparato»... ¡en el tubo de un aspirador!

Al parecer y según la reconstrucción de los hechos —supongo que esta vez sin pene—, llegó a casa un poco bebido y tal vez excitado. Al comprobar que su esposa no estaba en casa, decidió que aquel artilugio succionador de polvo podría ser un buen sustitutivo e introdujo el pene. No contó nuestro hombre con la hélice, que le seccionó el glande.

Parece, no obstante, que quiere que los vecinos se traguen la excusa de que estaba limpiando el chaquetón cuando sufrió el «accidente». ¡Listooo!

UNA DE LENGUA

A punto de quedarse mudo ha estado un ciudadano ecuatoriano que quizá provocó en exceso la torridez de su novia. La moza, en cualquier caso, debía de ser apasionada... o no había comido hacía tiempo.

La cuestión es que los novios se enzarzaron en un

apasionado beso en el transcurso del cual él sacó su lengua y la introdujo en la boca de ella.

Aquello debió de ser «demasié pa su body» porque en el mismo instante la joven mordió con tal fuerza que arrancó de cuajo varios centímetros del músculo «utilizado para degustar y articular sonidos», según consta en la noticia, aunque creo que también sirve para otras cosas... ¡para hacer burla, no sean mal pensados!

De momento, los amantes tuvieron que recorrer varios hospitales hasta que lograron encontrar un médico que se atreviera a restaurar en parte el desaguisado. Ante la policía, la novia dijo: «No sabíamos lo que hacíamos; fue una auténtica locura de amor.» De momento el novio no ha podido decir nada a causa de la lengua de morcilla que le ha quedado. Claro que estando en el capítulo en que estamos, podía haber sido peor, ¿no creen?

«ABRUPTO DESPERTAR»

Así fue definido el sobresalto que sufrió un ex *marine* americano cuando despertó de la siesta y se encontró con la desagradable sorpresa de que su esposa le había cortado cuarto y mitad del pene con un gigantesco cuchillo de cocina.

Dicen las malas lenguas que el matrimonio no funcionaba. La esposa se quejaba de que era frecuentemente violada por el fornido caballero con el que un día unió su vida y aquella tarde decidió «cortar por lo sano». El marido, según su declaración, despertó «rápida y abruptamente», cosa que no me extraña en vista de lo que le pasó.

Una vez cometida su acción, calificada (¡jo, qué risa!) como «herida maliciosa» por el tribunal, la agresora tiró lo que llevaba en la mano —cuchillo y cacho— y llamó a la policía.

Los agentes rescataron la parte amputada y con el ex *marine* agarrándose lo que quedaba se fueron al hospital a golpe de sirena para tratar de que le repararan el desaguisado.

Tras un parto horario —nueve horas de intervención quirúrgica—, parece que los médicos consiguieron reimplantar el trozo. Así que aún se puede dar con un canto en los dientes.

Y PARA ACABAR, DOS VARONES «CORTAPENES»

No siempre son las mujeres las que se vengan de afrentas sexuales cometidas por caballeros cortándoles el susodicho apéndice. En ocasiones, el pene es objeto de agresiones por otras cuestiones, y si no, vean lo que le ocurrió a un «despenado» en Brasil.

Menezes, un obrero de la construcción, tenía desde luego una fea costumbre: enseñar sus genitales a las mozas que pasaban cerca de la obra en que trabajaba para después manosearse con deleite.

Todo debió irle bien hasta que un buen día dos escamados ciudadanos, alertados por sus respectivas de los manejos que el tal Menezes hacía con sus «manazas», decidieron darle un escarmiento. Para ello, se apostaron en las inmediaciones de la obra y cuando el «alondra» se disponía a marchar, le cogieron entre ambos y le llevaron a un lugar apartado. Allí, contando con la ayuda inestimable de una navaja, le cortaron aquello de lo que presumía.

Trasladado al hospital, Menezes fue sometido a una operación de ligado de «muñón», ya que no le pudieron reimplantar el cercenado miembro al no haber sido hallado por los agentes que acudieron a sus gritos de auxilio. Desde entonces pena por su pene.

Historias de amor, de sexo y de obsesos

CUIDADO CON LO QUE SE OFRECE GRATIS

Vaya este consejo para alertar a todos los lectores, menos a uno: aquel que un buen día decidió anunciarse en las páginas de un periódico con algo tan sugerente como: «Hago las cosas igual que una chica y, además, gratis.» Se llamaba Manolo, que en checo se escribe Emmanuel, por lo visto.

Interesados por tan atrayente y generosa oferta, numerosos pretendientes de sus favores escribieron a la dirección facilitada por el simpático *gay*. El eligió de entre todos los solicitantes a un fornido hombretón con pinta de bestia, por aquello de la potencia y el morbo, y se presentó en su casa, pero su sorpresa fue mayúscula cuando, con cara de pocos amigos y serias amenazas de romperle los huesos en caso de negativa, el energúmeno le encargó la totalidad de las faenas domésticas: plancha, lavado, fregado de suelos, limpieza de cocina e inodoros... De todo. Y por supuesto... ¡gratis!

Las desventuras del atrevido anunciante acabaron

el día en que logró burlar la vigilancia del brutote con la excusa de que iba a comprar víveres. De lo contrario, aún estaría haciéndolo todo «¡igual que una chica y, además, gratis!». Para que se fíen de los anuncios.

¡BONITA FORMA DE PAGAR UNA DEUDA!

En este tratado de historias increíbles, pero ciertas, hay algunas que se llevan la palma. Como ésta, ocurrida en Santo Domingo.

César, un atribulado marido, debía a un amigo la cantidad de ciento cincuenta pesos (al cambio, unas doce mil pesetas) y no sabía cómo pagárselas. Un buen día, harto de los requerimientos de su acreedor, decidió ofrecerle un trato: le cedería a su mujer para que tuviera relaciones sexuales con ella a cambio de la cantidad adeudada.

Parece que llegaron a un acuerdo y cerraron el trato; el marido envió a la fémina al encuentro de su amigo en un céntrico hotel. Mientras el acreedor «cobraba» en una de las habitaciones, el cornudo consentido esperaba en el *hall*, mirando a cada instante el reloj. Cuando comprendió que por el tiempo pasado ya debía de haberse cumplido su parte del trato, subió a la habitación a rescatar a su esposa, pero el cobrador se opuso diciendo que el acuerdo era por más tiempo, y se negó a devolver a la mujer, por lo que ambos «caballeros» se enzarzaron en una violenta discusión que acabó ante la policía.

¡Y es que hay algunos que tienen una forma de pagar las deudas...!

LA CULPA FUE DE LOS EMBARAZOS

Un empresario del sector de confección textil de una pequeña ciudad del centro de Italia decidió presentar expediente de crisis en su empresa y cerrar a cal y canto. El motivo era el siguiente: siete mujeres, de una plantilla total de algo más de treinta trabajadores, habían quedado embarazadas al mismo tiempo. El industrial debió de pensar en la que se le venía encima con la licencia por maternidad, las horas de lactancia y todas esas zarandajas y decidió cerrar por la tremenda.

En su comparecencia ante la autoridad laboral, parece que dijo: «A mí, eso de que hagan el amor me parece bien, pero no que se queden embarazadas, y menos al mismo tiempo. Lo mío es una fábrica de ropa y no una fábrica de niños.»

No obstante, los sindicatos afirmaron que la empresa estaba con el agua al cuello, como se suele decir, y que el alegato de las coincidentes preñeces para justificar el cierre no era sino una excusa para dejar a los trabajadores en la calle.

Será que en Italia no debe de haber campaña de «Póntelo, pónselo». Así les va.

EL EXTRAÑO CASO DEL TAXISTA PUTEADO

Es cierto que la mayor parte de las veces que alguien sufre agresiones sexuales, la víctima suele ser una mujer. Sin embargo, toda regla tiene su excepción y como hay un refrán que dice que para muestra vale un botón... ¡ahí va ése!

Nuestra víctima, en este caso un fornido y por lo visto «macizo» taxista de veinticuatro años de edad, circulaba por las calles de Valencia. Eran las cuatro de la mañana. De repente vio ante él a una mujer que le hacía señas para que parara. Siguiendo las instrucciones de la que pagaba, condujo hacia las afueras.

Al taxista le mosqueó que aquella moza insistiera en ir delante, pero no le dio mayor importancia. Al llegar a una zona próxima a la huerta, la mujer le dijo que parara, cosa que el profesional del volante hizo de inmediato. En ese mismo instante, la mujer le amenazó con «pegarle un tiro en los sesos con una pistola que llevaba en el bolso» a la vez que lo apoyaba contra la cabeza del sorprendido conductor. Con la mano libre «extrajo el miembro del aterrorizado conductor, manoseándolo y luego de desnudarse se sentó sobre el varón logrando ser parcialmente penetrada». Hechos probados. Debió de quedar insatisfecha y cabreada, porque inmediatamente sacó del bolso un cuchillo con el que amenazó de nuevo al taxista, le robó la recaudación, y abandonó rápidamente el lugar.

¡Para que te fíes de las damas!, te descuidas y «te llevan al huerto». Y en este caso, de verdad.

UN CASO CURIOSO DE «HURTO FAMELICO»

En los tiempos de la hambruna se daba con cierta frecuencia un tipo de hurto denominado «famélico», que era el cometido por una persona que, desesperada por su estado de inanición, se apoderaba de alimentos para su consumo.

Este caso de «hambre» de otro tipo sucedió en Madrid y es una historia que tiene su gracia.

La Policía Municipal logró detener, tras una accidentada persecución, a un individuo que había salido corriendo como alma que llevaba el diablo del interior de un concurrido *sex-shop*. Tras él, un ciudadano reclamaba auxilio con aquello tan socorrido de... «¡Al ladrón, al ladrón!»

Cuando los agentes dieron alcance al presunto, encontraron entre sus ropas unas réplicas de vagina y ano que estaban a la venta en el establecimiento y con las que el «sexo-chorizo» se había hecho por el procedimiento del «descuido».

Trasladado a la comisaría, fue posteriormente puesto a disposición del juez junto con los efectos del delito. Me imagino la guasa en el juzgado cuando vieran los «sucedáneos».

Queda por lo tanto confirmada la conocida frase de «contra el hambre de sexo, no hay látex duro».

FALTA DE PROFESIONALIDAD

Me van a permitir el atrevimiento dc que en este sorprendente caso transforme las páginas del libro en un calabozo de papel y encierre en ellas a dos putas emeritenses, vergüenza del lenocinio al uso.

Imagínense a un hombre de edad en un bar. Es de noche, consume una cerveza acodado en la barra. Dos fulanas que comparten local con él se empeñan en «hacérselo». Como no consiguen convencerlo con las habituales estratagemas, consistentes en la exhibición del género y cariñosos toques en los genitales del caballero, temen que se van a tener que ir a casa como llegaron, es decir sin un duro. Y entonces pasan a la acción y cometen lo que yo considero un «atraco a teta armada». Sacan al caballero a la calle y le dicen que o lo hace con ellas o le curran. A nuestro hombre la violencia hace que se le arrugue y no está para nada. Total, paliza por no querer. ¡Pues al «cala»!

SORPRENDENTE ANUNCIO POR PALABRAS

Sorprendente y cachondo para nosotros, aunque me temo que al interesado no debió hacerle demasiada gracia.

Un ciudadano suizo, «felizmente» casado desde hacía veinticinco años, tomaba café plácidamente en un bar de su ciudad mientras leía el periódico. De repente el café se le atraganta, toses y golpecitos en la espalda por parte de un amigo que le acompañaba. Nuestro suizo no podía creer aquello que leía en letras de molde. Decía así: «A quien le cuide bien, ofrezco marido poco utilizado durante veinticinco años. Razón: teléfono xxxxx.» Volvió a leer el número de teléfono y ya no le quedaron dudas. ¡Era el suyo!

Inmediatamente se desplazó a su domicilio y, periódico en ristre, exigió una explicación a su esposa que, entre risitas, le dijo que se trataba de una broma y que no lo había hecho con «mala intención».

T.B.

El suizo parece ser que se quedó tranquilo con la explicación y la cosa no fue a mayores. ¡Y es que hay algunos que tienen un buen carácter...! Claro, que a lo mejor la anunciante tenía razón, vaya usted a saber.

EL COLECCIONISTA EN EL TEJADO

Mi amigo el comisario de Zamora estaba harto de las lamentaciones de ciudadanos que daban cuenta de la desaparición de prendas de ropa interior femenina de los tendederos de numerosas viviendas de la ciudad. Nadie denunciaba los hechos, por considerarlos «de menor importancia», pero en privado le daban quejas reiteradas.

Decidió acabar con la situación y montó un servicio, en el que se localizó a un sospechoso que tenía antecedentes de hurtos similares. Lo vigilaron, lo siguieron y por fin se le cogió con las manos, no en la masa, sino en las bragas. Acababa de llevarse un tendedero entero de una casa.

El «robabragas» confesó que trabajaba de auxiliar de antenista y que un buen día decidió iniciar una colección insólita: ropa interior de mujer, usada y, por supuesto, robada.

Aquello debía excitarle cantidad, porque los policías encontraron en su habitación centenares de prendas: fajas, *bodies*, bragas, *panties* y sujetadores yacían en el suelo, tal vez tras haber servido de objeto sexual al perverso. Las lencerías no se habrán alegrado de la detención de este insólito «agente de ventas». ¿A que no?

NI SE HABLABAN

En el mundo del amor y del matrimonio pasan cosas increíbles, aunque pocas como ésta que les narro a continuación.

Tras cuatro años de matrimonio, una pareja de residentes en Israel decidió separarse. Para ello se encaminaron a un tribunal de rabinos, ante el que expusieron su problema: no se entendían.

Dicho así, no deja de ser algo normal que un matrimonio no se entienda, lo que no es tan normal es que los protagonistas de nuestra historia no se entendieran porque hablaban lenguas distintas. El, ruso de nacimiento, sólo hablaba en su lengua nativa. Ella, marroquí, solamente comprendía árabe. Total, que no se podían dirigir la palabra y ésa era la razón de que buscaran una solución para sus cuitas.

Los rabinos trataron de hacerles entender que lo mejor era que se pusieran de acuerdo y hablaran una lengua común —todo ello ayudados por dos traductores intérpretes—, pero ellos, erre que erre, que cada uno hablaba en lo suyo y no querían aprender otra cosa.

Comentaron que su relación se había mantenido hasta aquel momento a base de señas, por lo que supongo que, tras serles concedida la separación, se dirían adiós con un expresivo «corte de mangas».

UN POLICIA GALAN

La policía de Mataró fue requerida una madrugada por los clientes de un bar que denunciaban a un policía de uniforme que estaba causándoles molestias. Extrañado, el inspector de guardia dispuso que se desplazara al lugar un coche patrulla, cuyos funcionarios entraron en el establecimiento e identificaron a aquel curioso «compañero».

Desde el principio sospecharon de su forma de comportarse, y, posteriormente, comprobaron que el policía uniformado era más falso que un duro de madera y que se trataba de un vecino de la localidad, de cuarenta años de edad.

En el vehículo policial fue trasladado a la comisaría, donde se procedió a tomarle declaración. El individuo confesó que se disfrazaba de policía con un uniforme de *atrezzo* para «impresionar a las mujeres y así conseguir sus favores, ya que el terno azul marino resaltaba sus atractivos». Al menos así lo entendía él, aunque solamente él, ya que en sus declaraciones manifestó que a pesar del disfraz no se había comido ni una rosca.

Con lo que se confirma el conocido refrán castellano que dice: «Aunque la mona se vista de seda...»

EL CASO DE LA PAREJA CARIÑOSA

Ocurrió en Sevilla, en uno de esos duros amaneceres que siguen a las intensas jornadas de la inigualable Feria de Abril. Varias personas estaban echando «la penúltima» en el bar de una barriada próxima, tal vez haciendo tiempo para ir a tomar un chocolate con churros y una copita de aguardiente para soportar el tirón.

En uno de los laterales de la máquina tragaperras una pareja se achuchaba a conciencia sin que pareciera importarles demasiado la presencia del resto de la clientela. Algunos codazos cómplices entre los parroquianos, más de un «cashondeo» en alta voz y las miradas de envidia no parecían importar demasiado a aquellos que se estaban comiendo a besos.

Estuvieron así algún tiempo, abrazándose y magreándose sin el más mínimo recato. El hacía gestos como si estuviera esforzándose mientras ella permanecía con los ojos entornados y la cabeza sobre el hombro del tipo. Al cabo del rato se separaron y salieron sin mirar a los demás. Dos minutos después, el camarero se dio cuenta de que el cajón situado en el lateral de la tragaperras estaba abierto y sin un duro. ¡Le habían robado en sus propias narices! Para que te fíes.

¡PARA QUE LUEGO DIGAN DE LAS MUJERES!

Una mujer que responde al castizo y español apellido de Martínez ha sido condenada en EE.UU. (¿dónde iba a ser si no?) a pagar unos ciento veinte millones de pesetas a un empleado al que acosó sexualmente en el trabajo durante varios años. La calentura de la Martínez, jefa de personal de la empresa del «agredido», derivó en pellizcos en las nalgas, achuchones y «metemanos» hasta que el buen hombre aceptó acostarse con ella «para conservar su puesto de trabajo».

El jurado de Los Angeles encargado del caso llegó a la conclusión de que la baja laboral del apolíneo empleado, debida a un agudo estrés, estaba relacionada con las agresiones constantes de la jefa, y en consecuencia la han condenado a pagar la susodicha indemnización.

Según la letrada defensora de la recalcitrante abusadora «la sentencia es absurda, incomprensible y escandalosa, además de ser un reflejo machista del tribunal». Olvida sin duda la letrada que la igualdad de derechos de la mujer no la autoriza a meter mano a los macizos empleados.

De lo que no cabe duda es de que a la «caliente ejecutiva» el revolcón le ha salido por un ojo de la cara... Y es que algunas piensan que «todo el monte es... orgasmo».

Cóctel variado

UNA CURIOSA MULTA POR EXCESO DE VELOCIDAD

La pareja de la Benemérita de Tráfico que prestaba servicio en el Puerto de Pajares no salía de su asombro. Estaban junto a sus motocicletas vigilando la circulación cuando le vieron. Uno de los agentes se frotó los ojos pensando que soñaba. Sin embargo, al pasar a su lado comprobaron que no era una alucinación, se trataba de una silla de inválido ocupada por un individuo, echado hacia adelante en postura bastante aerodinámica y con cara de velocidad, que circulaba a más de sesenta kilómetros por hora.

Sin pensarlo dos veces salieron tras él y le dieron alcance unos kilómetros más adelante imponiéndole la sanción correspondiente por exceso de velocidad. La noticia, sin embargo, tiene continuación. El parapléjico, que está dando en tan inusual vehículo la vuelta a España, fue víctima de un accidente unos días más tarde en la provincia de Pontevedra. Iba embalado y chocó contra un árbol, razón por la cual fue ingresado en un hospital.

Dado que el impedido lo que trata es de llamar la atención sobre ciudadanos con problemas como el suyo, no cabe duda de que está cumpliendo perfectamente su objetivo. ¡Modérate, hombre!

SABROSA INICIATIVA

De tal podría calificarse la llevada a cabo por los concejales de Izquierda Unida del ayuntamiento de Bustarviejo (Madrid) que, ante la hedionda fetidez del agua destinada al uso doméstico de los habitantes de la localidad, anunciaron por medio de una nota que pensaban sugerir que el agua potable, caso de no poderse suministrar insípida como mandan los cánones, tuviera sabores variados —fresa, limón, menta, etc.— a fin de camuflar su actual pestilencia.

De adoptarse tal medida es de esperar la airada reacción de los fabricantes de refrescos, que verían descender sus ventas, ya que podría emplearse el agua en toda clase de combinados.

CURIOSO RETO

No es exagerado calificar de tal forma el reto que una vecina de un populoso barrio de Getafe ha lanzado al jefe de Policía Municipal: ha ofrecido al funcionario, de forma pública y publicada, la cantidad de cien mil pesetas si le dice «dónde diablos puede aparcar».

Se trata de una localidad madrileña superpoblada de vehículos y carente de zonas libres para dejar el coche, por lo que los vecinos habilitan los paseos como aparcamiento nocturno, sufriendo por ello las correspondientes sanciones.

¡Pues que tenga suerte el policía y a ver si cobra!... en dinero contante y sonante, por supuesto.

LA DEMOCRACIA LES COSTO LA VIDA

Era un domingo electoral en la Rusia recientemente abierta a la democracia. Los ciudadanos se disponían a votar para elegir a los representantes de la Asamblea Federal.

Según la agencia rusa Interfax dos personas, varones, de sesenta y cuatro y sesenta y cinco años de edad, fallecieron de sendos infartos en el momento de depositar el voto. La falta de costumbre. ¡Y es que hay emociones que matan!

CASTIGADOS SIN SOPA

Los representantes de un sindicato de trabajadores de la sanidad pública han efectuado una curiosa denuncia. Resulta que la dirección de un hospital ha decidido suprimir la sopita caliente del menú de los enfermos «para confeccionar con ese dinero un boletín interno de periodicidad trimestral en el que se dedican a contar lo bien que gestiona la Dirección del hospital los recursos de que dispone».

Parece ser —siempre según la denuncia sindical— que el mencionado boletín es de uso interno y restringido y que su impresión supone un gasto de más de medio millón, financiado en parte con las trescientas setenta y cinco mil pelillas que se ahorran «desopando» a los pobres enfermos.

La Dirección del hospital, por su parte, ha manifestado su extrañeza por la denuncia, y a través de un portavoz ha hecho saber que «si se ha suprimido la sopa de la dieta es porque la mayor parte de las raciones eran devueltas a cocina, con lo que ahora solamente se le dará a quien la pida». Estilo restaurante, vamos. Ni siquiera se han preguntado el porqué del rechazo al sopicaldo.

UN RASGO DE HONRADEZ

Casi como de heroicidad me atrevería a calificar lo que hizo una honrada ciudadana canaria que se encontró en la calle una cartera que contenía letras y talones por importe de *ciento ochenta y siete millones de pesetas*, y que había sido extraviada por un mensajero.

Tan encomiable acción sucedió en pleno centro de Las Palmas, un mediodía de un viernes primaveral.

Un joven mensajero, seguramente por el «acelere» que les caracteriza, no se dio cuenta de que la mochila en la que transportaba numerosa correspondencia se desprendía de sus hombros, yendo a parar al suelo.

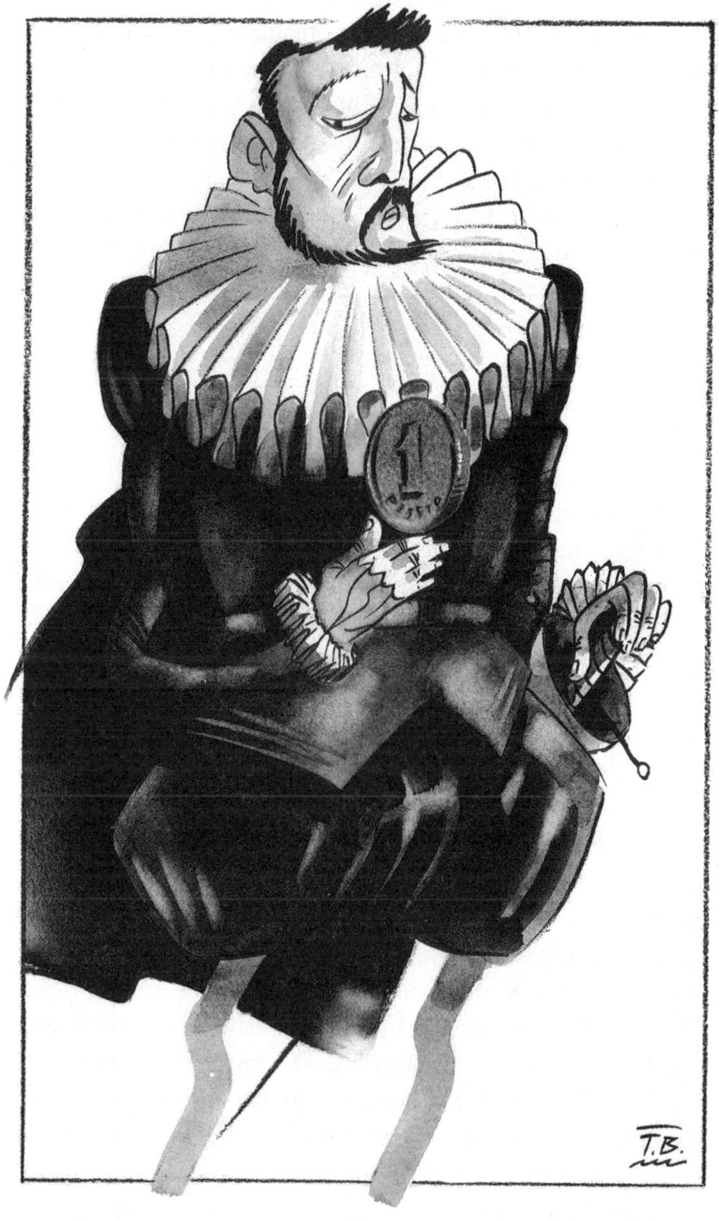
T.B.

Pálido y tembloroso, el mensajero compareció en la comisaría para dar cuenta del extravío; mientras se estaba formalizando la denuncia, una señora que había encontrado el macuto telefoneaba a la policía comunicando el hallazgo.

Dado que la mujer responde al pío nombre de Rosario, parece ser que el mensajero se ha comprometido a rezar varios en agradecimiento a tan ejemplar comportamiento cívico.

SIMBOLICA PESETA

Desde que hace unos años dejé de comprar tres «celtas» por una peseta o un caramelo con palito por el mismo precio, pensaba que las pesetas no servían así, en solitario, para nada. Bueno, para casi nada, porque mi hija Susana hace colección de esa especie de lentejas mini en que se han convertido las famosas «rubias».

Bueno, pues no. Las pesetas sirven para otras cosas, y si no se lo creen, ahí va un ejemplo.

Un coronel del Ejército y el presidente de una formación política local tuvieron un rifirrafe. El militar llamó al político cosas tan simpáticas como «cagapoquito», «pazguato» y «zamacuco» además de otros epítetos más conocidos, como «chupaligas» y «cipote»; debióle parecer poco al militar la sarta de improperios y le recomendó al político que se sometiera a un escáner «que le permitiera conocer su atrofia cerebral, que le hace proclive a la insensatez».

El político se quejó y el militar fue apartado de su cargo además de ser denunciado en el juzgado.

La sentencia del «caso» concluye con la culpabilidad del coronel, que ha sido condenado al pago de una peseta por intromisión en el honor.

¿Tan poco vale el honor en este país?

DOS CURIOSAS ENCUESTAS

Me quedo perplejo cuando aparecen en los medios de comunicación esas encuestas que hacen referencia a males, deficiencias, manías o similares que tenemos los españoles. Si hacemos caso de ellas, no hay nadie sano, lo que se dice sano, en este país.

Las dos últimas caídas en mis manos hacen referencia a dos temas importantes: la locura y la impotencia.

Según los datos de la Confederación Española de Familiares de Enfermos Mentales (CEFEM), nada menos que un millón de españoles sufre trastornos mentales graves y cerca de cuatro millones requerirán asistencia psiquiátrica o psicoterapéutica por «disfunciones persistentes». La noticia, eso sí, tiene un aspecto positivo, según se mire: sólo un tres por ciento de los dementes comete acciones contrarias a la ley, también según la misma fuente. ¡Pues casi nada!

La otra encuesta a que hacía referencia es también abrumadora. Más de un millón y medio de españoles sufre de impotencia. O sea, uno y medio de cada veinte, si mis cálculos no fallan.

Menos mal que un doctor especialista en estos males ha dicho que hay una solución en forma de prótesis de pene, eficaz en el noventa y siete por ciento de los casos.

Ya se sabe. Dios aprieta, pero no ahoga.

INSOLITA FORMA DE CAPTAR VOCACIONES

Está más que comprobado que nos hallamos inmersos en el mundo de la publicidad y que el que no se anuncia no se come un «colín».

Así lo han debido entender las religiosas de una congregación de clausura —las populares «encerrás» de Granada— que han lanzado una campaña, con folletos publicitarios y todo, para captar vocaciones.

El folleto, editado a todo color, lleva por título «Ora con nosotras» y alude a que el convento se encuentra «en el corazón del Albaicín».

Tras mencionar brevemente su historia y las ventajas de la vida contemplativa, invitan a las interesadas a pasar unos días con ellas para comprobar *in situ* las ventajas de este tipo de vida.

Unas cuantas citas evangélicas y como cierre, una frase de Juan Pablo II: «No tengáis miedo a ser santos». Fin del folleto.

A mí, que no me da miedo ser santo y sí lo que está cayendo, me dan ganas de llamar al número de teléfono para pedir información.

Pues ánimo y suerte, chicas. La vida contemplativa os llama.

EL CASO DE LA ALARMA MUSICAL

El astuto y melómano alcalde de una pequeña población levantina ha inventado un método eficaz para ahuyentar a los ladrones que «visitan» el lugar, y no con ánimo de hacer turismo precisamente.

Tal vez por aquello de que en el pueblo se conocen todos y que por tanto también son públicos y notorios los «chorizos» forasteros, ha ideado un sistema mediante el cual en cuanto se recibe en el ayuntamiento la noticia de que por la zona merodea un sospechoso, se pone en marcha la «alarma acústica», que alerta a la totalidad de los habitantes del pueblo por medio de un sistema de megafonía instalado en las calles.

Sin embargo, lo realmente curioso es el sonido de la alarma. No se trata de una estridente sirena, no crean. Por la megafonía suena a todo volumen la canción *Mi carro* de Manolo Escobar.

Así, a toque de castizo pasodoble, los ciudadanos se enteran de que alguien ronda sus propiedades con intenciones más o menos inconfesables y se colocan al acecho para evitar la rapiña a la vez que pone en fuga a los malos.

Se ignora si los ladrones huyen por la sorpresa o para no escuchar la famosa canción.

OTRA ALARMA CURIOSA

En esta ocasión y a diferencia del caso anterior, la iniciativa de instalar un sistema de alarma no ha partido del alcalde de la localidad, sino de los propios vecinos. Para que no se diga que sólo los políticos tienen ideas.

Los vecinos de una pequeña ciudad catalana, sorprendieron a unos ladrones cuando trataban de desvalijar un establecimiento comercial. Los cacos tuvieron la mala suerte de que la esposa del propietario, mujer de sueño ligero, despertara de repente y se asomara a la ventana, situada justo encima de la puerta de la tienda.

Sin pensarlo dos veces, la buena mujer comenzó a gritar a la vez que lanzaba macetas sobre los asaltantes. Los vecinos que salían a sus ventanas en respuesta a la llamada de auxilio de su convecina se unieron a ella en el «lanzamiento de tiesto», y demostraron gozar de una excelente puntería, ya que fueron numerosas las macetas que impactaron en los ladrones y en el coche que llevaban. Uno de los vecinos llegó incluso a lanzar una jardinera entera, que acabó con el parabrisas del vehículo. Por supuesto, los ladrones, maltrechos y doloridos, se dieron a la fuga.

No me negarán que la alarma funcionó perfectamente... ¿Y qué me dicen del detalle de las flores?

EL CASO DEL ROBO A LA DIRECTORA GENERAL

Los directores generales son como cualquier persona. Eso para empezar. Por tanto, cualquiera de ellos puede ser víctima de las habilidades de un amigo de lo ajeno.

Sin embargo, lo que llama la atención es que le puedan robar el bolso a la directora general de Instituciones Penitenciarias y, precisamente, en el interior de una cárcel.

La directora había ido a la prisión para entregar los premios correspondientes a un concurso de «cartas de amor», escritas por los reclusos. En el transcurso del acto echó en falta un pequeño bolso de mano en el que llevaba una cantidad de dinero, tarjetas de crédito y documentos personales. Rigurosos cacheos, prolongación de horario para los funcionarios y, al final, parece que nada de nada. Que la directora se fue a su casa compuesta y sin bolso.

Dice la noticia que «la sustracción indignó a los responsables del centro», cosa que no me extraña, ya que quedaron bastante mal con tan importante visitante.

Al «chori» que se llevó el bolso creo que, si le pillan, le van a dar el premio «Amor a lo ajeno».